*Deseo*

# AMOR EN ALERTA ROJA

## JULES BENNETT

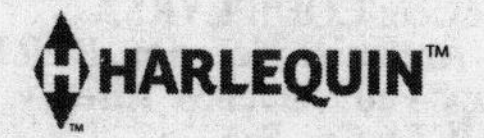

Editado por HARLEQUIN IBÉRICA, S.A.
Núñez de Balboa, 56
28001 Madrid


Amor en alerta roja, n.º 1979 - 14.5.14
Título original: Snowbound with a Billionaire
Publicada originalmente por Harlequin Enterprises, Ltd.



I.S.B.N.: 978-84-687-4198-7
Depósito legal: M-4581-2014
Editor responsable: Luis Pugni
Fotomecánica: M.T. Color & Diseño, S.L. Las Rozas (Madrid)
Impresión en Black print CPI (Barcelona)
Fecha impresion para Argentina: 10.11.14
Distribuidor exclusivo para España: LOGISTA
Distribuidor para México: CODIPLYRSA
Distribuidores para Argentina: interior, BERTRAN, S.A.C. Vélez Sársfield, 1950. Cap. Fed./ Buenos Aires y Gran Buenos Aires, VACCARO SÁNCHEZ y Cía, S.A.

# *Capítulo Uno*

Max Ford iba con mucho cuidado. El pavimento de la carretera estaba muy resbaladizo por la nieve. No era raro, tratándose de Lenox, Massachusetts, en pleno mes de febrero, pero él estaba ya acostumbrado al clima más suave de Los Ángeles.

Hacía años que no había estado en Lenox, aunque se había criado allí. Aflojó el pie del acelerador y contempló la ciudad. Estaba toda cubierta de nieve. Seguía pareciendo una postal de Navidad.

Al tomar una curva, vio un coche a un lado de la carretera. Debía haber sufrido un accidente, las ruedas delanteras estaban hundidas en la zanja de la cuneta, tenía los faros encendidos y la puerta trasera abierta. Había una mujer fuera del coche. Llevaba un gorro de lana y una bufanda.

Detuvo el coche en el arcén y salió del vehículo. Hacía un frío glacial. Venía directamente de Los Ángeles y no llevaba calzado adecuado para la nieve, pero no podía dejar tirada a una mujer en la carretera.

–Señora, ¿está usted bien? –preguntó acercándose a ella.

La mujer se volvió hacia él. Llevaba un abrigo gris, pero Max solo pudo fijarse en sus brillantes ojos de color verde esmeralda. Unos ojos que podrían atravesar el corazón de cualquier hombre... De hecho, ya habían atravesado el suyo en una ocasión.

–¿Raine? ¿Estás bien?

–Max, ¿qué estás haciendo aquí?

Hacía demasiado frío para ponerse a contar detalles de su vida, así que se limitó a repetir la pregunta.

–¿Estás bien?

–Sí, pero el coche se ha quedado atascado.

–Puedo llevarte en el mío. ¿Adónde vas?

–Déjalo... Puedo llamar a un amigo.

Max casi se echó a reír. ¿Iban a ponerse a discutir después de tantos años sin verse? Hacía un frío polar y él lo único que quería era llegar a casa de su madre cuanto antes, para saber cómo estaba después de la intervención quirúrgica.

–En serio, sube al coche. Puedo llevarte adonde quieras. Venga, recoge tus cosas.

Raine se quedó mirándolo pensativa. Habían estado muy enamorados el uno del otro en el pasado y habían llegado incluso a hacer planes para el futuro. Pero su relación se había roto.

Aún sentía algo especial al recordarlo, pero no era la ocasión de revivir aquellos recuerdos. Debía entrar en el coche. No podía seguir allí bajo la nieve. Y tenía que llamar a una grúa.

–Está bien. Pero antes tengo que hacer una cosa.

Raine entró en el asiento de atrás y apareció unos segundos después con un portabebés...

Max se quedó perplejo. Era lo último que hubiera esperado ver.

–¿Puedes sostenerme esto un segundo? –dijo ella–. Tengo que desmontar la base de la silla para acoplarla en tu coche.

Él no sabía nada de bebés, ni de bases ni de cómo se acoplaban esas sillas. Agarró el arnés del portabebés y se sorprendió de su peso. No pudo ver al bebé porque estaba tapado con una especie de saco de lana cerrado con una cremallera.

Dejó volar la imaginación. Debía estar casada. Una mujer como ella no se aventuraría a tener un hijo sin tener antes un marido.

Sintió una punzada en el estómago. A pesar del tiempo transcurrido, no podía hacerse a la idea de verla con otro hombre.

Ella apareció con una silla de bebé de color gris y se dirigió al coche de Max. Él sujetó con las dos manos al bebé, temiendo que pudiera caérsele. Apenas se movía ni se le oía. Debía estar dormido.

Cuando Raine terminó de acoplar la silla en el asiento de atrás, Max colocó encima el portabebés con mucho cuidado. Ella abrochó el cinturón de la silla y cerró la puerta del coche.

–Tengo que volver a por la bolsa de los pañales y el regalo que iba a entregar –dijo ella.

–Quédate, yo iré a por ello. Ya has pasado bastante frío. ¿Está todo en el asiento delantero?

Ella asintió con la cabeza. No iba maquillada, pero estaba preciosa. Tal como la recordaba.

Abrió la puerta del coche y sacó una bolsa rosa

y un paquete envuelto en papel de regalo. ¿Cómo se había atrevido a salir con las carreteras convertidas en pistas de hielo? ¡Y con un bebé!

Se sentó al volante de su coche, puso la calefacción al máximo y se reincorporó a la carretera.

–¿Adónde te llevo?

–La verdad es que… iba a ver a tu madre.

–¿A mi madre? –se revolvió en el asiento.

–Si prefieres que no vaya ahora… puedo ir en otra ocasión.

¡Iba a ir a ver a su madre! No acertaba a comprenderlo. Ni sus padres ni los de ella habían aprobado nunca su relación.

La miró de soslayo sin apartar la vista de la carretera. Parecía nerviosa. ¿Estaría reviviendo mentalmente los momentos que habían pasado juntos? ¿Estaría recordando la última noche que habían hecho el amor y las promesas que se habían hecho el uno al otro?

–¿Para qué quieres ir a ver a mi madre?

–Han cambiado muchas cosas desde la última vez que estuviste en Lenox, Max.

Ella había esquivado la pregunta. Sin duda, era una forma elegante de decirle que lo que ella hiciese no era ya asunto suyo. Y tenía razón. Hubo un tiempo en que eran una pareja y cada uno conocía los secretos del otro, pero ese capítulo de su vida estaba ya cerrado.

–No sabía que tuvieras un bebé. Quiero decir que imaginaba que podrías haber… rehecho tu vida, pero no que… ¿Cuántos niños tienes?

–Sólo Abby. Tiene tres meses.

–¿Necesitas llamar a tu marido?

–No. Llamaré a un amigo cuando lleguemos a casa de tu madre. Él irá a recogerme.

¿Él? ¿Iba a llamar a un amigo en vez de a su marido?, se preguntó Max, desconcertado.

Giró a la derecha. Enfrente estaba la casa donde había nacido, en la que su madre se estaba recuperando de la operación. Pronto comenzarían las sesiones de radioterapia. Afortunadamente, los médicos habían descubierto el tumor a tiempo y no necesitaría someterse a quimioterapia.

La gran casa de dos plantas de estilo colonial dominaba una extensa superficie rodeada de árboles. Él había crecido allí. Había sido adoptado por Thomas y Elise Ford. Nunca había llegado a conocer a sus padres biológicos, pero estaba satisfecho de su suerte. Habría sido mucho peor haber pasado la infancia en un orfanato.

Detuvo el coche en la entrada y apagó el motor.

–Si quieres, te llevaré la bolsa y el regalo –dijo él–. No me siento muy seguro con el portabebés.

Raine se bajó del coche y cerró la puerta. Max se preguntó la razón de su hostilidad. Ella había sido la que había roto la relación. Había sido un golpe muy duro para él. Había sentido incluso deseos de quitarse la vida.

Cuando se bajó del vehículo, vio a Raine llevando a Abby en el portabebés, y la bolsa de los pañales y el regalo colgados del brazo. Parecía más independiente y segura de sí que antes.

La siguió por las escaleras, procurando estar cerca de ella por si se resbalaba. El porche estaba lleno de nieve. Se adelantó para abrirle la puerta e hizo un gesto para que ella pasase primero.

El gran vestíbulo estaba exactamente igual que cuando él salió de allí a los dieciocho años. Nunca se le había presentado la necesidad de volver a esa casa. Sus padres se fueron a vivir a Boston cuando él decidió marcharse a Los Ángeles.

A su padre siempre le había gustado Boston, pensando que sería un buen lugar para ampliar su negocio, abriendo nuevos pubs. Ahora tenía una cadena de restaurantes, pero Max nunca había querido entrar a formar parte de la empresa familiar.

Una elegante escalera de caracol dominaba la entrada, permitiendo ver la galería superior que recorría todo el perímetro de la casa. Una lujosa araña iluminaba la estancia, proyectando, como un caleidoscopio, toda una gama de colores sobre el suelo de mármol claro.

Raine aflojó los arneses del portabebés cuando la madre de Max apareció en el vestíbulo.

Max se quedó inmóvil, esperando ver los estragos que la operación podía haber causado en su madre, pero sonrió aliviado al ver cómo corría hacia la pequeña y la tomaba en brazos.

–Max –dijo Elise Ford, mirando a su hijo con sus hermosos ojos azules–, no sabes lo contenta que estoy de que estés aquí.

Él abrazó a su madre con mucho cuidado, consciente del estado en que debía tener el lado izquierdo. Pero sonrió satisfecho al ver su aspecto. La habían diagnosticado un cáncer de mama, pero ella había luchado con todas sus fuerzas y, contra todo pronóstico, había vencido a la enfermedad.

–Haría cualquier cosa por estar contigo, mamá. No empezaré la nueva película hasta dentro de dos meses, así que soy todo tuyo. Pero déjame verte. Estás estupenda.

–¿Qué esperabas? Aún me duele un poco, pero hoy es un día feliz. No solo tengo a mi hijo en casa, sino también a esta preciosa niña.

Max giró la cabeza para ver a Raine, que estaba detrás de él, acunando al bebé. Se preguntó qué vida llevaría ahora. Debía haber logrado ver todos sus sueños hechos realidad: un marido, un bebé y, probablemente, aquella granja de su abuela que siempre le había gustado tanto.

–Mírala, Max –exclamó Elise–. No hay nada más dulce que un bebé durmiendo.

¿Qué imán podían tener los bebés para que atrajesen tanto a las mujeres?, se preguntó él.

Casi sentía celos del bebé. Tal vez era por la falta de amor que él había tenido de niño.

–¿Me la dejas un momento? –preguntó Elise.

–¿Estás segura de puedes sostenerla? –dijo Raine–. No quiero que te hagas daño.

–Estoy perfectamente bien. Hace ya dos semanas de la operación. Quítate el abrigo y quédate un rato. Hace demasiado frío para estar por ahí fuera con este tiempo.

Raine le dio al bebé y se despojó de la bufanda y los guantes. Luego se quitó el gorro de lana y se pasó la mano por el pelo como si pretendiera domesticarlo. Tenía el pelo largo y algo rizado. Era de un color castaño casi pelirrojo. Max se quedó extasiado mirándola, recordando con añoranza los momentos en que él la acariciaba.

–Tengo que llamar a mi amigo para que venga a recogerme –dijo Raine a Elise–. He dejado el coche tirado en la carretera a dos kilómetros de aquí.

–¡Oh, cariño! –exclamó Elise con gesto de preocupación–. ¿Estás bien?

–Sí. Ha sido solo un susto. Me disponía a llamar a alguien cuando Max pasó por allí.

–¡Vaya! Llegaste en el momento oportuno –dijo Elise, volviéndose hacia su hijo.

Max no estaba tan seguro de ello. El destino le había jugado una mala pasada, de lo contrario, no estaría allí, en la casa de su infancia, con su novia del instituto y con su madre, que no había propiciado precisamente su relación con ella, alegando que eran demasiado jóvenes para eso.

No sabía lo que podía haber pasado entre Raine y su madre en los últimos años, pero era evidente que había surgido una repentina amistad entre ellas.

Se quitó la chaqueta y la colgó en el perchero de la puerta. Luego tomó la bolsa y ayudó a Raine a quitarse el abrigo.

–Gracias –dijo ella, casi sin mirarlo a los ojos–. Ahora, si me disculpáis, voy a hacer esa llamada.

Sacó el móvil del bolsillo y se dirigió a otra habitación para hablar con más intimidad.

Max se volvió hacia su madre, que estaba haciendo unas carantoñas al bebé.

–¿Qué diablos está pasando aquí?

–Que tengo un bebé precioso en los brazos y a mi hijo en casa –respondió ella con una sonrisa.

–Sabes muy bien a lo que me refiero, mamá. ¿Por qué te llevas ahora tan bien con Raine y por qué tienes a su bebé en brazos como si fuera tu nieta?

–Raine me llamó y me preguntó si podía venir a traerme algo. Ha estado en casa varias veces estos últimos años. Créeme si te digo que ya no es la misma chica de antes.

–Sí, ya veo que sois ahora muy buenas amigas.

Raine volvió de la habitación y tomó a su bebé de nuevo en brazos.

–Gracias, Elise, por cuidar de mi bebé.

–¡Oh! No es ninguna molestia tener en brazos a esta criatura tan preciosa. ¿Conseguiste hablar con ese amigo tuyo, querida?

–No. No estaba en casa.

Max apoyó las manos en las caderas. El destino estaba decididamente en contra suya. Llevaba allí solo diez minutos y ya se sentía como si estuviera reviviendo todos los recuerdos del pasado, obligándolo a enfrentarse a unos sentimientos que creía ya olvidados.

–Puedo llevarte a casa, allí podrás llamar tranquilamente a la grúa.

–Gracias, pero llamaré antes a otro amigo. Ahora tengo que darle el regalo a tu madre.

–¿Un regalo? –exclamó Elise, juntando las manos–. ¡Oh, querida! ¿Es acaso una de tus adorables lociones de lavanda? Deja que te dé un beso.

¿Qué demonios estaba pasando allí?, se preguntó él una vez más. Hacía unos años, Raine y su madre se llevaban a matar y ahora, en cambio, parecían dos amigas de toda la vida.

–Sabía que era tu perfume favorito –dijo Raine, sosteniendo con una mano el paquete envuelto con papel de regalo y con la otra al bebé, apoyado en el hombro.

Elise tomó la bolsa, desenvolvió el papel de color rosa y miró su contenido.

–¡Y en frasco grande! Muchas gracias, Raine. Déjame ir un momento a por el bolso.

–No, no. Es un regalo. Había pensado traerte también algo de comida, pero no me ha dado tiempo; Abby se ha pasado toda la noche llorando y nos quedamos dormidas por la mañana.

–¡Oh, cariño! –exclamó Elise con una sonrisa–. No seas tan exigente contigo misma. Sé que estás muy ocupada. No te preocupes, ahora Max está aquí y se le da bastante bien la cocina. Además, creo que mi cuidadora me ha dejado algo de comida antes de irse.

–Raine, te llevaré a casa cuando quieras.

–Te lo agradezco. Tengo que dar de comer a Abby. Salí de casa con la bolsa de los pañales, pero me dejé el biberón en la encimera de la cocina. Y las carreteras se deben estar poniendo cada vez peor.

–Querida –dijo Elise, agarrándola del brazo–, no te sientas obligada a hacer nada por mí. Ya nos las arreglaremos entre Max y yo. Tú preocúpate por tu precioso bebé.

Raine esbozó una sonrisa mientras sus bonitos ojos verdes centelleaban como dos esmeraldas.

–Elise, eres una de mis mejores clientas y me siento feliz de poder serte de ayuda.

–Estoy bien. Comenzaré la radioterapia dentro de dos semanas. Max se encargará de llevarme.

Raine dio un abrazo a Elise, colocó a la niña en el portabebés y se puso de nuevo el abrigo.

Max la acompañó al coche, caminando muy cerca de ella pero sin llegar a tocarla.

Puso el vehículo en marcha y miró a Raine de soslayo. La preciosa melena pelirroja le caía por detrás del gorro sobre la espalda.

–¿Dónde vives? –preguntó él.

–En la granja de mi abuela.

Max sonrió. No le sorprendió que Raine hubiera decidido irse a vivir a aquel lugar lleno de cabras, gallinas y caballos, y con un jardín magnífico. Ese había sido siempre su sueño.

Aún recordaba cuando ella le preguntó si podría tener todas esas cosas si se fueran a vivir a Los Ángeles. Aunque también le había dicho que estaría dispuesta a renunciar a todo por su amor, porque lo amaba más que a su querida granja.

Tal vez, eso fue lo que la llevó a distanciarse de

él cuando se marchó a Los Ángeles, y a no responder a sus llamadas ni a sus mensajes.

Pasaron por el lugar donde se había quedado el coche atrapado en la cuneta.

–¿Vas a llamar a la grúa antes de que se haga de noche?

–Llamaré cuando llegue a casa –respondió ella.

–¿Quieres hablar de ello?

–¿De ello? Si te refieres al pasado, la respuesta es no.

–Siempre huyendo de los temas incómodos, ¿eh?

–¿Huyendo? Nunca he huido de nada en mi vida. Yo que tú elegiría mejor las palabras. ¿O te resulta demasiado difícil cuando no tienes un guion delante?

Max suspiró resignado mientras enfilaban la calle donde ella vivía.

–No quiero que mi presencia en la ciudad sea motivo de incomodidad para ninguno de los dos, pero, ya que entre mi madre y tú parece haber ahora una relación mucho mejor que la de antes, y que pienso quedarme unos meses, tendremos que vernos de vez en cuando, queramos o no.

Raine se volvió hacia él y lo miró fijamente con las manos apretadas en el regazo.

–El pasado está muerto para mí, Max. Ahora tengo otras prioridades. No tengo tiempo ni deseos de revivir viejos recuerdos de aquella tórrida etapa de nuestra adolescencia.

¡Tórrida! Él, desde luego, había estado loco por

ella, aunque no estaba dispuesto ahora a admitirlo. Ella acababa de dejar bien claros sus sentimientos y él no iba a tratar de reavivar un fuego que llevaba años apagado.

Max suspiró al ver la vieja casa de dos plantas que, sin duda, había visto días mejores. El techo estaba destartalado y necesitaba una reparación urgente; la pintura de la fachada estaba descascarillada, especialmente, alrededor de las ventanas; el porche tenía algunas tablas sueltas y la entrada estaba cubierta de nieve.

–Entraremos por la puerta de atrás. El camino está más limpio –dijo ella.

Max detuvo el coche y se dirigió al asiento donde estaba la niña.

–Deja que me encargue de Abby mientras tú desmontas la silla.

Hacía demasiado frío para ponerse a discutir, así que Raine le dio al bebé y se puso a desabrochar las correas de la silla.

Max se dirigió por el camino despejado de nieve, pisando con mucho cuidado para no resbalar con la niña.

Raine lo siguió con las llaves de la casa en una mano y la silla en la otra. Él la dejó pasar para que abriera la puerta, pero luego ella le bloqueó la entrada. Dejó la silla y el bolso dentro y se volvió hacia él para tomar al bebé.

–Gracias por traerme a casa –dijo ella, mirando a la niña para no tener que sostenerle la mirada.

–¿Te pongo nerviosa?

–Peor aún, me traes viejos recuerdos –contestó ella, clavando los ojos en él.

–¿Tan malos son esos recuerdos?

–Tal vez no lo sean para ti, pero sí para mí –respondió ella, tomando al bebé y colocándoselo en el pecho a modo de escudo protector–. Ya no soy la misma de antes.

–Sigues igual de hermosa.

–Supongo que no pensarás que las cosas entre nosotros van a seguir donde las dejamos.

–No, en absoluto. Los dos hemos cambiado en estos años, pero sigo encontrándote espléndida. ¿Hay algo malo en decírtelo?

–No me gusta que me mires a la boca cuando te hablo.

–Es solo una vieja costumbre del pasado –dijo él con una sonrisa.

–Pasa si quieres –replicó ella con un suspiro–. Hace demasiado frío para estar aquí con el bebé.

–Raine...

–¿Qué?

–Hasta mañana.

Max se dio la vuelta y se dirigió al coche sin esperar respuesta. Sin duda, ella deseaba estar sola.

A pesar de los éxitos que había tenido con sus películas y de las actrices tan bellas que había tenido en sus brazos, nunca se había sentido tan a gusto como al lado de Raine. Había ido a Lenox a cuidar de su madre, pero estaba convencido de que tendría ocasión de pasar algunos buenos momentos con la maravillosa y sexy Raine Monroe.

# *Capítulo Dos*

Raine cerró la puerta y apoyó la espalda en ella. Tenía un nudo en la garganta.

Todo parecía un amarga ironía. Antes de marcharse Max de la ciudad, había estado dispuesta a ser su esposa y la madre de sus hijos. Y, ahora que él había regresado, tenía una niña.

Habían pasado demasiados años desde entonces. Toda una vida. Una vida que había sido un verdadero infierno del que aún no había encontrado la salida. Su cuenta bancaria estaba bajo mínimos y su padre estaba tratando de casarla con uno de sus empleados. Y, por si fuera poco, tenía paralizado el proceso de adopción de Abby. Su abogado no le daba ninguna explicación, a pesar de que el caso debería estar resuelto hacía tiempo.

Pero, al margen de esas contrariedades, llevaba una vida tranquila y sin complicaciones, al menos, hasta esa tarde en que Max Ford la había encontrado en la carretera. Se estremeció al recordarlo.

Los informes meteorológicos pronosticaban más nevadas en los próximos días. No lo habían calificado aún oficialmente de tormenta de nieve, pero estaban hablando de espesores de casi medio metro.

Tendría que ir a ver a las gallinas y las cabras antes de que el tiempo empeorara más. Estaba preocupada por sus animales, a pesar de que los tenía perfectamente instalados en el granero, con toda el agua y la comida que pudieran necesitar.

Trató de ver el lado positivo de la situación. Si se quedaba aislada por la nieve, podría terminar de preparar las nuevas lociones que iba a presentar en la feria agrícola al mes siguiente. La primavera estaba a la vuelta de la esquina. Era su época favorita del año, cuando podía vender sus mercancías y hacer nuevos clientes.

El invierno era la temporada peor para su negocio. A duras penas conseguía salir adelante. La primavera y el verano eran, por el contrario, más prósperos. Esperaba que su página web de venta online fuese más popular el próximo invierno. Así podría vender sus productos por Internet sin salir de casa y tendría la cuenta corriente más saneada.

Había conseguido una buena raza de tomates cherry, lechugas, coles, pimientos y ciertos tipos de judías. El cultivo en invernaderos le exigía un esfuerzo extra, pero era su único medio de vida. Sus padres le habían retirado toda ayuda económica después de que se negara a vivir en su casa de acuerdo con sus estrictas normas tiránicas.

Las verduras estaban ya casi listas para la feria. Ahora tenía que concentrarse en colocar los jabones y las lociones en cestas lo más vistosas posible.

Pero, antes de nada, tenía que conseguir que Abby se quedase dormida toda la noche.

Criar a un niño era una tarea muy dura para una persona sola. Pero ella estaba dispuesta a sacar adelante a Abby a toda costa. Adoraba a su bebé. Por eso, no había podido comprender a su prima Jill cuando la llamó un año atrás para decirle que estaba pensando en abortar.

Eso era algo que ella nunca se habría planteado, a pesar de haberse visto en circunstancias relativamente similares. Había terminado los estudios en el instituto y había pensado iniciar una nueva vida cuando descubrió que estaba embarazada al poco de marcharse Max. Se había sentido sola y desolada. En un instante, todo su mundo se había trastocado. No había contado siquiera con el apoyo de sus padres.

Por eso, no había querido que su prima Jill pasase por ese mismo trance, sin tener un miembro de la familia en el que apoyarse, y se había ofrecido a tomar a su niña en adopción.Después del nacimiento de Abby, Jill había vuelto a sus estudios en la universidad.

Raine sabía que nada podría reemplazar al bebé que había perdido años atrás, pero amaba a Abby con cada fibra de su ser.

Sacó a la niña del portabebés. Seguía dormida. Recordó el consejo que había escuchado tantas veces: «Aprovecha para dormir cuando tu bebé esté durmiendo».

Pero, ¿cómo podía dormir ahora? Max Ford, el icono de Hollywood, el soltero de oro, estaba de vuelta en la ciudad.

No podía haberse marchado más rápido de Lenox al poco de cumplir los dieciocho años. Aún creía ver las huellas de los neumáticos echando humo en el asfalto tras el éxito de su primera película.

Recordó haber oído que había tenido un grave accidente de moto al poco de llegar a Los Ángeles. Ella había estado muy preocupada por él los primeros días, pero luego había comprendido que si de verdad hubiera querido tenerla a su lado se habría puesto en contacto con ella tal como le había prometido.

Sintió un amargura infinita al recordarlo. Él había conseguido todo lo que siempre había soñado. Pero, cuando miró al bebé dormido, sintió que no podía quejarse de nada. ¿Qué más podía pedirle a la vida que tener aquella criatura tan adorable en los brazos?

Si ella se hubiera ido con él a Los Ángeles, ahora no estaría allí y no habría podido ayudar a su prima Jill. Tal vez, Abby ni siquiera habría nacido.

Subió las escaleras y entró en el cuarto de Abby. La dejó en la cuna y la tapó con la colcha. Ahora ya podía llamar a la grúa. Esperaba que el coche no tuviera ninguna avería importante. No podría pagar la reparación.

Salió de puntillas del cuarto y se fue a su dormitorio para llamar por teléfono. La recepcionista le dijo que todos los coches de asistencia en carretera estaban de servicio, atendiendo las múltiples llamadas y que la pondría en lista de espera.

Puso a hervir la vieja cafetera. Le gustaba usar sus propias hierbas, cultivar sus propias verduras y hacer sus lociones orgánicas, jabones y otros productos femeninos. ¿Tan rara era por hacer ese tipo de cosas?

Tampoco sus padres la comprendían. A ellos, les gustaba más ir con coches llamativos, aparentar en el club de campo y codearse con la alta sociedad.

Tal vez los hombres se asustaban al verla con Abby. Algunos se sentían incómodos con los niños. Como Max Ford. Recordó la cara de terror que había puesto esa tarde al ver el portabebés en el asiento del coche. Se había portado como un caballero, pero ella conocía a los hombres como él, echaban a correr en cuanto veían babas o unos pañales manchados.

El silbido de la cafetera le devolvió a la realidad. Se disponía a servirse una taza de té cuando le sonó el teléfono móvil. Suspiró con resignación al ver el número que aparecía en la pantalla.

–Buenas noches, mamá.

–Loraine, te llamo para decirte que se ha pospuesto la comida que teníamos para mañana.

Raine contuvo una sonrisa y comenzó a echarse el té.

–Mamá, te dije que no pensaba ir, ¿recuerdas?

–¡Oh, querida! Claro que vendrás. ¿Cuándo vas a dejar de ser tan testaruda?

Raine abrió el armario y sacó la botella de whisky para tenerla a mano en caso de necesidad.

Hablando con su madre, probablemente, la necesitaría.

–Creí que te lo había dejado bien claro –dijo ella, echándose unas gotas de whisky en la taza de té–. A ti no te gusta la vida social que yo llevo y a mí tampoco me gusta la tuya.

–¡Por el amor de Dios, Raine! Tú no tienes ninguna vida social. No comprendo por qué no sales más a menudo, consigues un trabajo normal o vuelves a la universidad, si lo prefieres. Deja que otra persona adopte a ese bebé. Aún no es demasiado tarde para rectificar.

Por nada del mundo renunciaría a Abby, se dijo ella. El proceso de adopción se estaba demorando más de lo razonable, pero, aunque durara diez años, nunca dejaría a su niña.

–Disculpa, mamá, pero tengo que ir a ver a Abby.

–Si tanto empeño tienes en quedarte con ella, al menos, podías dejarme que la viera.

Raine siempre había oído que cualquier ayuda era poca para criar a un hijo, pero temía que la influencia de su madre no fuera muy beneficiosa para Abby.

–Ya la has visto, mamá –replicó Raine a la defensiva tomando un sorbo de té.

–No es suficiente. La niña necesita saber que tiene un lugar en esta familia.

Raine dejó la taza en la mesa y respiró hondo.

–Mamá, Abby solo tiene tres meses. Su lugar está a mi lado en este momento.

–No te he llamado para discutir. La comida será el sábado. Espero que vengas con Abigail.

–Se llama Abby, mamá.

–Abigail es más digno.

–Pero no es su nombre legal. Así que, por favor, cuando te refieras a ella, llámala Abby.

–No sé qué mal he podido hacerte, hija. Yo solo quiero lo mejor.

–¿Lo mejor? ¿Para quién, mamá? ¿Para mí? ¿O para ti y tu estatus social?

Se hizo un silencio tenso y prolongado. Raine sabía que había ido demasiado lejos... otra vez. Así era como solían acabar sus conversaciones. Y, al final, se sentía siempre culpable.

–Seguiremos hablando, mamá.

Raine colgó y apoyó las manos en el borde astillado de la encimera.

Su madre había estado toda la vida tratando de controlarla. La única persona que la había comprendido había sido su abuela, pero hacía ya ocho años que estaba muerta y, desde entonces, se sentía muy sola.

El viento empezó a soplar con fuerza, haciendo vibrar las desvencijadas ventanas. Tomó la taza de té y se fue a su cuarto de trabajo.

El viejo dormitorio de su abuela era el sitio perfecto para mezclar las esencias y diseñar sus lociones y jabones. Estaba justo al lado del cuarto de la niña.

Sacó algunos ingredientes de una estantería, pero el recuerdo de Max volvió a su mente. Hubo un tiempo en que él ocupaba todos sus pensamientos. Para su desgracia, ahora era aún más atractivo que cuando se había enamorado de él.

Hollywood lo había puesto en un pedestal, elevándolo a la categoría de un dios en muy poco tiempo. Ella había seguido su meteórico ascenso por los medios de comunicación, viendo su seductora sonrisa entre los flashes de las cámaras de los reporteros.

Luego, con el corazón roto, había tenido que enfrentarse a un embarazo inesperado.

Max nunca llegó a saberlo. Ni a sentir el dolor de haber perdido a un hijo. Había estado viviendo una vida de placer, mientras ella enterraba el último vínculo de amor que la había mantenido unida a él.

Pero ahora tenía una segunda oportunidad y no la iba a desaprovechar solo porque él hubiera vuelto a la ciudad y lo encontrase más atractivo que nunca. Ahora tenía otras prioridades, como conseguir la tutela legal de la hija de su prima o evitar que el banco ejecutara un préstamo hipotecario, desahuciándola de la casa de su abuela. Había hipotecado la casa y había empleado ese dinero y sus ahorros en los gastos de la adopción.

Lucharía con todas sus fuerzas por salir adelante. Con voluntad se podía conseguir cualquier cosa. Y voluntad era algo que a ella le sobraba.

***

Max acompañó a su madre al dormitorio. Dormía en el cuarto de invitados de la planta principal, así tenía todo más a mano y no tenía que subir escaleras.

Aunque ella decía que se encontraba bien, Max notaba que se cansaba en cuanto daba dos pasos seguidos. Por eso, había acordado con la enfermera que se quedase unas horas más todos los días.

Ayudó a su madre a meterse en la cama y luego se sentó a su lado.

–¿Te importaría decirme qué estaba haciendo Raine aquí? –preguntó él.

–Me trajo un regalo precioso –contestó ella, acomodando la cabeza en la almohada.

–¿Quieres decirme que vino a verte para saber cómo estabas de la operación y que de la noche a la mañana os habéis hecho tan buenas amigas?

–En realidad, no. Durante los últimos veranos que hemos venido a Lenox, se ha encargado del jardín y de traerme verduras frescas, frutas y huevos.

–Espera a ver si lo entiendo. ¿Quieres decirme que Raine es jardinera?

–Y muy buena. Pero solo se ocupa de los parterres. Tenemos otro hombre para cortar el césped.

Así que Raine trabajaba para su madre... No podía imaginársela con unas tijeras de jardinero y las manos llenas de callos.

–¿Para quién más trabaja en el verano?

–Para varias familias de por aquí –respondió Elise–. Está muy orgullosa de sus cultivos ecológicos. Su abuela estaría encantada si viviese.

Max sabía que su abuela le había enseñado todo lo que se necesitaba para llevar una granja, criar animales y cultivar una huerta.

–Acabo de ver su casa. Necesita una reforma urgente. No sé cómo puede vivir así.

–Esa casa es todo un símbolo en Lenox, incluidos los establos y el granero –respondió su madre–. De hecho, están en mejor estado de conservación que la propia casa. Esa chica se preocupa más de los animales y las personas que tiene a su alrededor que de sí misma.

Max sintió deseos de saber más cosas de Raine, pero vio cómo se le cerraban los ojos a su madre y pensó que ya tendría tiempo de ponerse al corriente de su nueva vida.

–¿Puedo hacer algo por ti antes de acostarme? –le preguntó a su madre.

–No, pero estoy muy contenta de que estés aquí.

–No podría estar en otro sitio en este momento, mamá.

–Por favor, Max, no le reproches nada a tu padre –dijo Elise con una amarga sonrisa–. Está muy ocupado en esta época del año.

–Ha estado muy ocupado toda su vida, mamá. No quiero discutir contigo, pero tampoco voy a decir que me parece bien que anteponga su trabajo a la familia.

–No sabes lo que me gustaría que hicierais las paces –dijo ella con los ojos llenos de lágrimas.

Max conocía ese deseo de su madre y se sentía

culpable de no poder satisfacerlo. Pero su padre y él nunca se habían llevado bien.

Max se inclinó hacia su madre y le dio un beso en la mejilla.

–Buenas noches, mamá. Que descanses. Hasta mañana.

Apagó la luz al salir de la habitación y cerró la puerta.

Se le hacía raro pensar que iba a pasar la noche en su antigua casa. Los pasillos y las habitaciones parecían estar llenos de recuerdos que su mente se encargaba de reproducir como en una película.

Recordó aquella ocasión en que entró con Raine a escondidas cuando empezaron a salir juntos. Sus padres habían ido a una cena benéfica y no volverían hasta muy tarde. Ellos no aprobaban su relación con Raine y la clandestinidad de aquel encuentro lo hacía aún más atractivo. Nunca podría olvidar la emoción que había sentido al besarla a oscuras en el vestíbulo nada más cerrar la puerta.

Ahora, al pie de la escalera, aún creía ver a esa pareja de jóvenes abrazados y besándose.

Suspiró con nostalgia. Entre Raine y él había habido algo muy especial, y él se había marchado convencido de que ese algo podía resistir el paso del tiempo y la distancia. Sin embargo, ella no había contestado a sus cartas, ni a sus correos electrónicos, ni a sus llamadas telefónicas.

Habían estado muy enamorados. ¿Cómo podía comportarse Raine de esa manera tan fría y distante como si nunca hubiera habido nada entre ellos?

Él aún se estaba recuperando de aquello, pero ahora, al volver a verla, sabiendo que tenía un bebé, sentía como si un cuchillo se hincase en lo más profundo de su corazón ya herido.

La nieve no amainaba y Abby tampoco acababa de dormirse, pero, a pesar de todo, se sentía feliz con ella. Al margen de la genética o el ADN, era cien por cien suya. Desde el primer día que le agarró el dedo con su manita y le sonrió, se sintió unida a ella por un vínculo indestructible. No podría amarla más si fuera su hija biológica.

Al volver a oír los sollozos de la niña, tomó el biberón y se dirigió a su cuarto. Los primeros rayos de sol se filtraban por la ventana. Tomó a Abby en brazos, se sentó en la mecedora y cerró los ojos mientras Abby agarraba el biberón con las manos y succionaba la leche con avidez.

Había estado nevando toda la noche sin parar y ahora seguían cayendo gruesos copos de nieve. Había visto su coche en la entrada. El servicio de grúas debía haberlo dejado allí durante la noche. A primera vista, solo los faros y el parachoques delantero habían sufrido desperfectos.

Abrió los ojos y vio que Abby se estaba quedando dormida.

Apartó el biberón de sus labios y la acostó en la cuna. Corrió las cortinas para dejar el cuarto a oscuras y salió de puntillas para no hacer ruido.

Terminaría de elaborar los jabones con esencia

de lavanda, se echaría una pequeña siesta y luego cursaría los pedidos por Internet, o bien, lavaría la ropa.

Al entrar en su cuarto de trabajo, miró por la ventana y vio un camioneta negra aparcado junto a la entrada de la casa. Bajó corriendo las escaleras para llegar a la puerta antes de que alguien tocara el timbre y despertara a la niña.

Abrió justo cuando Marshall Wallace se disponía a llamar. Puso mala cara al verlo.

–Hola, Raine –dijo el joven con una sonrisa–. Tu padre me dijo que me pasara por aquí para ver cómo estabas.

–Hola, Marshall. Como puedes ver, estoy bien. Así que puedes volver y decirle a mi padre que ya ha cumplido con su deber cívico como alcalde de la ciudad –replicó ella con ironía.

Sabía que su padre no se molestaría en ir a su casa para ver personalmente cómo estaba. La sal y la nieve del camino podrían estropearle sus elegantes zapatos.

–¿Has vuelto a pensar en mi proposición? –preguntó Marshall en la puerta.

Raine suspiró con resignación. Marshall era un hombre contumaz. No se daba por vencido fácilmente en su afán de salir con ella. Llevaba persiguiéndola desde que Max se marchó. En una ocasión había accedido a salir con él como si se tratase de un hermano. De ese hermano que ella nunca había tenido.

–Marshall, estoy ahora muy ocupada con los

trámites de la adopción de Abby y los pedidos online. Además, no creo que sea la mujer indicada para ti. Deberías buscar a alguien con más tiempo libre y menos responsabilidades.

–Podría traer algo para que cenáramos juntos. Así no tendrías que salir de casa.

¡Por Dios santo! Estaba muy equivocado si pensaba que con una cena podría llevársela a la cama. No estaba tan desesperada como para eso.

–Dile a mi padre que estoy bien. Y la niña también, aunque nunca me pregunte por ella. Te agradezco la visita, Marshall.

–Espero que al menos consideres mi proposición. Esa vez que salimos juntos sentí que podía haber algo especial entre nosotros.

Pensó que debía cortar aquella situación antes de que se complicase.

–Marshall, no tengo tiempo para estar contigo. Seguro que un hombre tan ocupado como tú lo comprenderá.

–Está bien, Raine. Pero no creas que voy a rendirme tan fácilmente.

Raine cerró la puerta y apoyó la espalda en ella. ¿Por qué en menos de veinticuatro horas había tenido que encontrarse con el único hombre al que había amado y ahora tenía que luchar contra otro que no aceptaba un no por respuesta? Cupido parecía haber ensartado a Marshall con sus flechas del amor y ahora estaba decidido a festejar con ella el día de San Valentín. No gracias.

Quedaban solo dos días para esa fecha. Pero

esa festividad no significaba nada para ella. La había pasado sola todos los años, salvo cuando estaba saliendo con Max. Él le había regalado un pequeño relicario de oro y le había dicho que siempre tendría su corazón.

¡Qué ilusa e ingenua había sido!

Se sobresaltó al oír unos golpes en la puerta. ¿Sería Marshall, volviendo de nuevo a la carga? Cuando abrió la puerta, dispuesta a decirle cuatro verdades, vio que era Max.

Llevaba un abrigo negro con el cuello subido y un gorro oscuro de lana calado sobre la frente. La miró de forma sensual y misteriosa con sus ojos oscuros y profundos. Estaba irresistiblemente sexy y atractivo.

Raine sintió su mirada recorriéndole el cuerpo de arriba abajo como si tratara de penetrar en los lugares más íntimos que ella creía ya dormidos.

–¿Qué estás haciendo aquí ? –preguntó ella, bloqueándole la entrada.

–Quería comprobar que te habían devuelto el coche y ver si necesitabas algo. Las carreteras están imposibles y las previsiones para mañana son aún peores.

Raine no quería exteriorizar sus sentimientos, pero sentía un aleteo de mariposas en el vientre. Aunque deseaba seguir enojada con Max el resto de su vida, sabía que tenía que superar aquel rencor de adolescente.

–Estoy bien –respondió ella.

–¿Han sido graves los daños del coche?

–No he ido a verlo de cerca, pero creo que no ha sido gran cosa. Estoy segura de que podré conducirlo si es necesario.

–No se te ocurra salir con este tiempo. Yo he tenido que venir en la camioneta de mi padre, que tiene tracción en las cuatro ruedas, no habría podido llegar con mi coche de alquiler.

Se oyó, en ese momento, el sollozo lastimero de Abby resonando por toda la casa.

–Lo siento –dijo ella–, tengo que ir a verla.

Raine se apartó de la puerta y subió corriendo las escaleras.

Abby estaba llorando desconsolada, pero se calló como por encanto en cuanto la vio.

–¿Quieres que me quede a tu lado, ¿verdad? –dijo sacando a la niña de la cuna y arrullándola sobre su pecho–. Tienes que aprender a dormirte sin que esté mamá contigo todo el tiempo.

Tomó la mantilla de la cuna y envolvió a Abby con ella. Tal vez, meciéndola un poco acabase durmiéndose otra vez, se dijo ella.

Cuando se dio la vuelta, se sorprendió al ver a Max en el marco de la puerta.

–Pensé que te habías ido –dijo ella, aparentando serenidad, pero avergonzada de que él pudiera haberse fijado en el estado lamentable de la casa.

Debía estar acostumbrado a las lujosas mansiones de Beverly Hills. Su casa, en cambio, tenía las alfombras ajadas, el linóleo del suelo levantado, las paredes desconchadas…

–Me habías dejado con la palabra en la boca.

–No me dio la impresión de que tuviéramos nada más que discutir.

–¿Está bien la niña?

–Sí. Lo único que le pasa es que no le gusta estar sola.

–En eso debe haber salido a su madre.

Raine estuvo a punto de rectificarle, pero luego se lo pensó mejor. Aunque se tratase de una adopción, ella era, de facto, la madre de Abby.

–¿Qué era eso tan importante que tenías que decirme para venir a verme en medio de esta tormenta?

Max abrió la boca para responderla, pero Abby se puso a llorar en ese momento.

–¿Qué le pasa?

–Está cansada –replicó Raine–. Pero lucha contra el sueño.

–¿Que lucha contra el sueño?

–Sí. Puede sonarte raro, pero es la expresión que mejor lo describe.

Raine dejó de mecerla y se puso a cantarle la vieja balada country *You Are My Sunshine*. Por lo general, Abby solía calmarse con esa canción. Tuvo que cantarla un par de veces para que dejara de llorar. Max retrocedió unos pasos discretamente y salió al pasillo.

Ella agradeció quedarse sola. Debía tener un aspecto horrible con los calcetines de lana, los pantalones del chándal manchados de pintura y la sudadera con la inscripción «Meat sucks» grabada con grandes letras mayúsculas.

La niña se puso a llorar de nuevo.

–Tendré que seguir meciéndola –dijo Raine en voz alta con la esperanza de que Max entendiera eso como una indirecta para que se marchara.

–Puedo esperar en el cuarto de estar –dijo él desde el pasillo–. Tenemos que hablar.

¿Hablar? ¿De qué querría hablar? ¿Del pasado?

Le dio el chupete a Abby, que comenzó a cerrar los ojos y a dejar de llorar. A los pocos segundos, se quedó dormida.

Raine la dejó en la cuna con mucho cuidado y salió de la habitación.

Suspiró aliviada. Ahora solo le quedaba conseguir que Max se marchase. Sentía que seguían saltando chispas cada vez que él estaba cerca de ella y no quería que reavivasen un fuego que creía ya extinguido.

Al pasar frente al espejo del pasillo, no pudo resistir la tentación de mirarse unos segundos y arreglarse un poco el pelo que llevaba recogido con una coleta. Era un gesto inútil. Sabía que no podía impresionar a Max. Ella no podía compararse con las top models y las actrices tan glamurosas con las que habría estado saliendo esos años.

Sin embargo, se sentía feliz tal como era y con la vida sencilla que llevaba. Antes de bajar la escalera, estiró los hombros y echó la cabeza hacia atrás, muy orgullosa de su valiente reflexión.

Debía lograr que se marchara cuanto antes. No podía dejar que los viejos sentimientos afllorasen de nuevo.

# *Capítulo Tres*

Max echó una ojeada a las fotos que había en la repisa de la chimenea. La mayoría eran de Raine con su abuela. Pero había una en la que se veía a Abby medio dormida agarrando el dedo de Raine.

Se sintió aliviado al ver que no había ningún hombre en las fotos.

En Los Ángeles, se había pasado los días angustiado tratando de contactar con Raine y su rechazo le había sumido en un estado de desesperación que había culminado con un accidente de moto casi fatal.

Los dos habían rehecho sus vidas, pero se negaba a aceptar que su relación estuviera muerta. Si Raine había cerrado ese capítulo de su vida, él estaba dispuesto a reabrirlo.

No pudo evitar una sonrisa al ver a Raine bajando las escaleras con tanta solemnidad. Su pretendida majestuosidad no encajaba con el pelo despeinado, el pantalón del chándal, la sudadera con aquellas letras gigantes y los calcetines de lana.

–Deberías irte –dijo ella–. No parece que el tiempo vaya a mejorar.

Max miró una de las fotos de la repisa de la chimenea.

–¿Te acuerdas de esta foto? La hice yo.

Raine giró la cabeza para verla. Aparecía ella, unos años más joven, abrazada a su abuela. Las dos estaban muy sonrientes.

–Le caías muy bien a mi abuela. Siempre decía que eras el hombre perfecto.

–La vida pasa y todos cambiamos.

–¿Qué quieres de mí, Max?

–Quiero aclarar lo que pasó entre nosotros.

–¿Qué pretendes tratando de resucitar el pasado? ¿Crees que vas a conseguir algo así?

–He pensado que, después de tanto tiempo, me merecía una explicación.

–Max, pertenecemos ahora a dos mundos muy diferentes. ¿A qué conduce remover un período de nuestras vidas que ya no es relevante para ninguno?

¿Cómo que no era relevante?, se dijo él. No había pasado un solo día sin pensar en ella. No había habido una persona más relevante en su vida.

Sintió que el teléfono móvil le vibraba en el bolsillo. Era su madre.

–Cariño –dijo su madre–, ¿no has salido de casa de Raine todavía?

–No, ¿por qué?

–Han declarado la alerta roja en todo el condado por la nieve. No se permite circular a nadie por las carreteras, salvo en caso de emergencia.

Max echó un vistazo por la ventana. La nieve empezaba a cubrir los cristales.

–Salgo ahora mismo. Llegaré en unos minutos.

–No lo hagas, Max. Puedes tener un accidente. Sasha está conmigo. No tienes por qué preocuparte.

–Lo sé, pero he venido desde Los Ángeles para ayudarte, no para quedarme aquí.

–Estoy segura de que el tiempo mejorará a última hora de la noche o tal vez mañana por la mañana. Cuando deje de nevar, los vehículos quitanieves despejarán las carreteras.

Max volvió a mirar por la ventana. La nieve seguía cayendo con gran intensidad. No había signos de que fuera a amainar.

–Estaré allí tan pronto como me sea posible –dijo él–. Te llamaré para ver cómo sigues.

Max colgó el teléfono y se lo guardó en el bolsillo.

–Por lo que parece, me he quedado aquí atrapado. Se ha declarado alerta roja y no se permite a ningún vehículo circular por las carreteras.

Raine suspiró profundamente con cara de resignación.

–Espero que no pienses aprovecharte de la situación.

–Perdón, ¿cómo dices?

–La tormenta de nieve, la víctima atrapada. No esperes que esto vaya a convertirse en una velada romántica.

–Veo que sigues tan espontánea y franca como siempre –dijo él, echándose a reír.

–Te equivocas. Ya no soy la ingenua de antes. La vida me ha hecho madurar.

Max quería saber más de ella, cómo había sido

su vida esos últimos años. Pero, al mismo tiempo, tenía miedo de lo que pudiera resultar de ello. Quizá fuera mejor dejar las cosas como estaban.

–Por favor, sigue con lo que estuvieras haciendo, como si no estuviera aquí –dijo él.

–¿Ya no quieres hablar de eso tan importante que tenías que decirme?

Él negó con la cabeza.

–Te noto algo enfadada. Ya tendremos tiempo de hablar, esto parece que puede ir para largo.

–Por mucho que dure la nevada, no pienso discutir contigo del pasado –dijo ella muy digna, dándose la vuelta y saliendo del cuarto de estar.

Max sonrió. Tenía trabajo que hacer, pero había dejado el ordenador portátil en casa de su madre. Consultó el correo electrónico en el teléfono móvil. Tenía un proyecto que era de su máximo interés. Había esperado mucho tiempo para poder demostrar al mundo que podía dirigir sus propias películas. Bronson Dane, el gran productor de Hollywood, le acababa de dar la oportunidad que había estado esperando.

Ni la tormenta de nieve ni el estar atrapado en casa de Raine iban a suponer un obstáculo en su trabajo. Podía comunicarse con el móvil y con el ordenador de ella... si quería dejárselo.

Se marcharía de allí en cuanto la tormenta amainase y las carreteras estuviesen limpias.

***

Raine mezcló un poco de aloe con esencia de jazmín, pero le temblaron las manos y derramó parte del líquido en la mesa de trabajo. Bajó la cabeza, abatida. Los últimos acontecimientos se habían adueñado de sus emociones.

¿Por qué? ¿Por qué tenía él que haber regresado justo cuando ella estaba empezando a rehacer su vida? Las ventas de sus lociones y jabones estaban en auge, y el próximo mes, en la Feria Agrícola, tendría ocasión de vender las verduras que había estado cultivando durante el invierno. Su negocio de jardinería se presentaba también muy prometedor con todas las plantas que tenía sembradas en el invernadero.

Y lo más importante, tenía a Abby. Había entrado en su vida justo antes de Navidad como un regalo del cielo.

Se echó a reír. No podía engañarse a sí misma. Se sentía tan atraída por Max como antes. Pero, aunque siguiera siendo el hombre más sexy del mundo, no tenía tiempo ni ganas de volver a recordar aquel camino de angustia por el que ya había transitado.

Se estremeció al oír unos pasos junto a la puerta.

–¿Estás bien? –preguntó él.

–Sí. ¿Necesitas algo?

Max la miró fijamente, como tratando de encontrar en sus ojos las respuestas que ella no quería darle. Parecía una mujer sin emociones ni sentimientos. Como si se los hubieran exprimido.

–No deseo molestarte, pero necesito un ordenador para trabajar. ¿Tienes alguno que me puedas dejar?

¡Necesitaba trabajar! ¡Estupendo! Así estaría alejado de ella por un tiempo.

–Tengo un portátil en la habitación. Iré a por él.

Se dirigió a la puerta, pero él se interpuso en su camino y le agarró suavemente por los brazos.

–Max, no hagas esto más difícil.

–No es esa mi intención. Pero te noto algo demacrada.

¡Lo que le faltaba por oír! Pensó decirle que era así como ella solía estar todos los días.

Él, sin duda, estaría acostumbrado a alternar con mujeres perfectamente maquilladas y peinadas desde por la mañana.

–Tengo muchas cosas que hacer y no esperaba tenerte aquí en mi casa –replicó ella–. Eso me ha descentrado un poco.

–Yo tampoco me siento muy feliz de estar atrapado en esta casa sin poder salir. Mi madre se está recuperando de la operación y le prometí que la cuidaría.

Raine refrenó su enfado al oír esas palabras.

–Siento lo de tu madre. Me dijo que se curaría totalmente con la radioterapia. Pero comprendo que estés preocupado.

Max asintió con la cabeza, dio un paso atrás y apoyó las manos en las caderas.

–Cuando me llamó para decírmelo, estaba reunido con un productor que me estaba ofreciendo dirigir su nueva película. Era la oportunidad que siempre había soñado. Pero todo se me vino abajo cuando me lo contó. Un cáncer. Sabía que tenía que estar al lado de mi madre. Ella me dijo que estaría en el hospital de Boston, acompañada por mi padre y una enfermera durante la operación, y que viniera a verla luego aquí a Lenox cuando empezase las sesiones de radioterapia.

–Ahora ya estás aquí, Max –dijo Raine en voz baja–. Y sé que ella está feliz de tenerte de nuevo.

–¿Y tú, Raine? ¿Estás contenta de que haya vuelto?

Raine tragó saliva y le sostuvo las mirada, pero no logró encontrar una respuesta. Por un lado, lo odiaba por no haber cumplido su promesa con ella y haberle hecho tanto daño cuando era tan joven, pero por otro, sabía que no debía permanecer anclada en el pasado.

Ahora estaba allí para cuidar a su madre enferma. ¿Cómo podía reprochárselo?

–A mí también me habría gustado estar aquí en otras circunstancias –añadió él.

Ella era consciente de que lo decía por su madre, pero albergaba la esperanza de que hubiera pensado también en ella. Había estado enamorada de él y se sentía culpable de haber sido tan ingenua como para esperar que el príncipe azul hubiera ido a buscarla.

A ella y al bebé que habían creado juntos.

Volver a verlo después de tanto tiempo le hacía

revivir viejas emociones: el embarazo, saber que él no iba a ir buscarla y luego... el aborto involuntario. Aquellos meses fueron los más amargos de su vida y Max Ford tenía la llave para abrir la puerta del pasado por la que ella no quería volver a pasar.

–Ya que parece que vamos a vernos obligados a convivir, creo que lo mejor será que no saquemos a relucir el pasado –dijo ella–. Ya no somos los mismos de antes y no podemos hablar con objetividad de algo que pasó hace tanto tiempo. Y menos, teniendo a Abby ahora a mi cargo. Ella es mi futuro.

Max se quedó mirándola fijamente. Raine creyó que el cuarto se iba haciendo cada vez más pequeño, pero lo que pasaba en realidad era que solo tenía ojos para él.

–¿Dónde está el padre de Abby? –preguntó él.

–Eso no es de tu incumbencia.

–¿Forma parte de tu vida?

–No.

Max se acercó un paso más a ella y le acarició las mejillas. Ella cerró los ojos y se dejó llevar un instante por su aroma masculino, pero reaccionó en seguida. ¿Qué estaba haciendo? No podía permitir que la tocara, saltándose el muro defensivo que había ido construyendo a lo largo de los años.

–Solías ser tan dulce y comprensiva... ¿Qué pasó cuando me fui?

–Vi la realidad, Max. Desperté a la vida y vi que era muy distinta de la que deseaba... Pero olvidemos eso. Voy a ir a preparar el almuerzo. Te invito a comer si me prometes no hablar del pasado.

Él le puso las manos en la cintura y la atrajo hacia sí hasta que su rostro quedó a escasos centímetros del suyo.

–No podremos romper esta tensión que existe entre nosotros hasta que no hablemos de ello, Raine. Tal vez yo sea ahora el ingenuo. O tal vez sea un iluso por seguir encontrándote tan atractiva como antes.

Raine sintió que le faltaba el oxígeno en los pulmones. Apenas podía respirar encerrada entre sus brazos. Pero cuando parecía estar a punto de besarla, él se apartó.

–No te preocupes. Sé que somos dos personas distintas –dijo él, dirigiéndose a la puerta–. No sé si lo que siento ahora es producto de los viejos sentimientos o de las nuevas hormonas, pero te aseguro que hablaremos de nuestro pasado antes de irme de Lenox.

# *Capítulo Cuatro*

–Sí, mamá, Marshall estuvo aquí.

Max se detuvo en la puerta de la cocina al escuchar la voz de Raine.

Después de haber estado trabajando un par de horas en el ordenador, había hecho un descanso para ver lo que ella estaba haciendo.

–No, no necesitaba que se quedase. Ya no soy una niña. Estoy bien. Y Abby también, aunque no te hayas molestado en preguntarme por ella.

Max no podía creer que existiera una abuela que no quisiera a su nieta. Aunque, tal vez, era Raine la que no deseaba que sus padres se inmiscuyeran en la vida de Abby.

–Lo siento, mamá. Tengo que dejarte. Abby está llorando.

Max no pudo evitar una sonrisa. La casa estaba en silencio. La niña debía seguir dormida.

–Y por favor, dile a papá que no me mande más a Marshall. No deja de perseguirme y hacerme proposiciones. No sé ya cómo tengo que decirle que no me interesa.

¿Quién demonios era ese Marshall?, se preguntó Max. Debía ser alguien a quien sus padres consideraban un pretendiente ideal para ella. Siempre habían soñado casarla con algún político elegante y sofisticado. ¿Tenía acaso Raine aspecto de primera dama?

Una de dos: o sus padres no la conocían en absoluto o no les importaba nada los deseos de su hija. Se inclinaba más por lo segundo.

Entró en la cocina. Raine estaba de espaldas mirando por la ventana cómo seguía nevando. La pintura de la puerta estaba desconchada y el grifo goteaba. Se preguntó si sería porque estaba viejo o porque ella lo había dejado algo abierto para que las cañerías no se congelasen.

Las encimeras de formica estaban también bastante desgastadas. La tarima estaba muy rayada y tenía varias tablas sueltas. La casa necesitaba una restauración con urgencia.

¿Qué demonios había hecho Raine con el dinero del fondo fiduciario que había recibido al cumplir los veinticinco años? Era evidente que no lo había invertido en la casa.

–¿Cuánto tiempo vas a seguir ahí de pie? –preguntó ella sin volverse.

–El necesario hasta saber si puedo entrar en la cocina sin peligro –respondió él con una sonrisa.

–Estaba empezando a hacer la comida cuando me interrumpió la llamada mi madre.

Max se apoyó en el respaldo de una de las sillas. Ninguna hacía juego con la mesa.

–Sigues sin llevarte bien con tus padres, ¿verdad?

Raine abrió el frigorífico y sacó unos espárragos.

–Nunca hemos estado de acuerdo en nada –respondió ella, lavando los espárragos en el grifo–. Mi madre quiere convertirme en una sofisticada dama de la alta sociedad y mi padre está demasiado ocupado con su cargo político en la ciudad como para molestarse en ver a su hija o a su nieta.

–¿Qué es lo que has hecho para que tus padres estén tan disgustados contigo? –preguntó él, sentándose a horcajadas en una de la sillas y apoyando los brazos en el respaldo.

Raine metió los espárragos en la bandeja del horno.

–No me gusta tener que seguir las costumbres de los demás. Yo tengo mi vida y hago las cosas a mi manera. Cultivo verduras, hago mis propios jabones y lociones, vendo huevos y leche de cabra, y, durante el verano, trabajo de jardinera para algunas familias. Suelo arreglar el jardín de la casa que tus padres tienen aquí como segunda residencia.

Max la observó mientras preparaba aquel almuerzo tan sano, pero tan poco apetitoso.

–Sí. Mi madre me dijo que trabajabas para ella. Tiene muy buena opinión de ti.

Max seguía intrigado, deseando saber lo que había sucedido en los últimos años. Sus padres apenas le habían hablado de Raine cuando él había ido a verlos a Boston.

Ella sacó algo que parecía tofu y lo colocó en una sartén sobre la anticuada cocina de gas.

–Rara vez veo a tu padre, pero tu madre suele venir a Lenox con bastante frecuencia.

La cocina empezaba a llenarse con los aromas que desprendía la sartén.

Max no apartaba los ojos de Raine. Incluso con la ropa tan descuidada que llevaba, estaba encantadora.

¡Maldita sea!, él no quería verla tan encantadora. Hubiera preferido verla gorda y con la cara llena de verrugas. O, tal vez, con los dientes separados y los muslos con celulitis.

Pero sabía muy bien que aunque tuviera cien kilos de más y la cara marcada, la seguiría viendo como la joven espontánea y atractiva de la que se había enamorado. Su belleza iba más allá de su aspecto físico.

–Siento que te hayas quedado atrapado aquí conmigo. Y siento también mi mal humor de antes. Tú eres Max Ford, el actor más prestigioso de Hollywood, y yo… –ella miró la ropa que llevaba puesta y se echó a reír–. Yo soy esto. ¿Te das cuenta?

–El que sea un personaje famoso en el mundo del cine no tiene nada que ver con esto. Prefiero estar atrapado aquí contigo que con cualquiera de esas sofisticadas damiselas de Los Ángeles.

–Como puedes ver –replicó ella, sin perder la sonrisa–, yo soy cualquier cosa menos sofisticada.

–Esa fue una de las cosas que más me atrajo de ti cuando empezamos a salir: tu sencillez. Me gustaba que no te importara lo que los demás pensaran de ti. Querías ser tú misma. Fue realmente gratificante encontrar aquel día en el teatro a otra persona que fuera como yo.

Raine recordaba muy bien aquel día.

Sus padres le habían dicho que fuera al teatro Shakespeare a un casting, a ver si conseguía un papel en la obra que se iba a representar. El personaje daba igual, lo único que sus padres querían era dar la imagen de que apoyaban la actividad cultural de la ciudad y que ella saliese de casa y alternara con gente importante.

Pero había visto allí a Max con su sonrisa pícara, sus impresionantes ojos azules y su cara de chico rebelde, y había creído encontrar en él a su media naranja...

–Parece como si hubiera pasado toda un vida desde entonces –dijo Max.

–Sí –replicó ella–, toda una vida.

Apagó el fuego de la cocina y puso las hamburguesas de tofu en los viejos platos de porcelana de su abuela.

Sonrió al ver la cara de Max.

–¿Tienes algo que objetar?

–No, no. Eso tiene muy buena pinta –respondió él.

–Eres un embustero.

–Tienes toda la razón. No en vano, he conseguido un Oscar y varios Globos de Oro por mis dotes de comediante.

–Pues, a pesar de ser el mejor actor de Hollywood, no sabes ocultar la repugnancia que te produce mi comida.

–¿De veras crees que soy el mejor actor? –preguntó él, tomando el tenedor.

Ella lo miró fijamente. ¿Por qué no se atrevía a decirle que había visto todas sus películas? No. Sería patético. Primero, el relicario que había guardado celosamente durante años, y ahora eso. ¿Qué sería lo siguiente? ¿Hacerle un santuario en el sótano?

–Eres muy bueno en lo que haces –dijo ella, pinchando un espárrago con el tenedor.

–Me encanta mi trabajo. Creo que cuando uno hace lo que le gusta, todo lo demás viene por añadidura, sea lo que sea a lo que se dedique.

Raine asintió con la cabeza. Ese había sido el lazo que los había unido al principio. Ambos habían tenido sus sueños y no habían dejado que sus padres se interpusieran en su camino.

–Supongo que no tendrás un trozo de pizza congelada en el frigorífico, ¿verdad?

–Espero que no me lo estés diciendo en serio –replicó ella, con el ceño fruncido.

–Valía la pena intentarlo –dijo él, con una sonrisa, y luego añadió, tras jugar unos segundos con el tenedor–: Así que te dedicas a hacer lociones en el piso de arriba, ¿no?

Raine se llevó otro espárrago a la boca y asintió con la cabeza.

–Sí. Hago jabones y lociones naturales. Los vendo en la Feria Agrícola en primavera y verano. Por eso tengo que prepararlo todo en esta época.

–Mi madre nunca vio nuestra relación con buenos ojos, pero le llevaste un regalo esta mañana.

Raine asintió con la cabeza.

–Tu madre está atravesando un momento muy

difícil, Max. Sé que lo que más desea es que te reconcilies con tu padre.

Max soltó un gruñido y empujó la silla hacia atrás.

–Mi padre y yo nunca nos hemos llevado bien.

–¿Ni siquiera ahora, con lo de tu madre?

–Ahora menos que nunca.

Max se puso de pie, recogió los platos y los dejó en la encimera. Luego miró por la ventana.

Los cristales estaban cubiertos de hielo. No podría marcharse de allí tan pronto como esperaba.

–A mi padre no le agrada nada de lo que hago. Por eso hago lo que me apetece –prosiguió diciendo Max–. Solía hacer algunas cosas solo para molestarlo. Salir contigo, por ejemplo. Me encantaba estar contigo, pero estar a tu lado, sabiendo que él lo desaprobaba, me hacía sentirme más importante, como si tuviera la sartén por el mango.

–A mí me pasaba lo mismo con mis padres –dijo ella, levantándose también de la mesa–. Me hacía gracia verlos tan enfadados cuando me veían contigo: un hombre sin aspiraciones universitarias ni deseos de hacer carrera política.

Se oyó en ese momento una fuerte explosión proveniente del sótano.

–¿Qué demonios ha sido eso? –exclamó Max, dirigiéndose hacia allí.

Raine temía averiguarlo, pero lo siguió. Max se quedó estupefacto al abrir la puerta del sótano y oír el rugido de una caldera que, por su aspecto, bien podría remontarse a los tiempos de Matusalén.

–Esta caldera está hecha un desastre.

–No he tenido tiempo de arreglarla –dijo ella.

Ni tiempo ni dinero. ¿Qué iba a hacer ahora con el frío que hacía?

Las cosas no podían irle peor.

–No podrá venir ningún técnico a verla mientras sigan las carreteras cortadas por la nieve.

Raine asintió con la cabeza, haciendo un esfuerzo para no echarse a llorar. ¿De que serviría? ¿Mantendría calientes a los tres con sus lágrimas? Tenía que hacer algo más provechoso.

–Hay dos chimeneas en la casa, una en el cuarto de estar y otra en mi dormitorio. Y tengo leña en el granero. La chimenea del cuarto de estar hace tiempo que no se ha limpiado. Me da miedo usarla. Creo que lo mejor será utilizar la de mi habitación.

¡Su dormitorio! Tendrían que pasar allí la noche si el tiempo no mejoraba pronto. Tuvo que contener una sonrisa histérica, pensando en las bromas que el destino le gastaba.

–Me pondré el abrigo e iré a por leña –dijo Max.

–Será mejor que vaya yo. Llevas unos zapatos muy elegantes y las gallinas te los pondrían perdidos. Son como perros.

–¿Tus gallinas son como perros?

–Sí –dijo ella, echándose a reír–, habrían salido corriendo a recibirte, pero estaban muy calentitas en el granero cuando llegaste. Entra a por la leña y te garantizo que te acosarán a picotazos. Saldrás huyendo, te resbalarás en la nieve y entonces ya no me serás de ninguna utilidad.

Raine vio un brillo especial en los ojos de Max y se dio cuenta de que, tal vez, no había elegido muy bien sus últimas palabras.

–Quería decir que…

–Sé lo que querías decir –dijo Max–, pero no puedo dejar que acarrees sola toda la leña que vamos a necesitar. Tendrías que hacer varios viajes. Prefiero hacerlo yo. No olvides que era un chico del campo antes de vivir en Hollywood. No me asustan las gallinas.

–Ya me lo dirás –replicó ella con una enigmática sonrisa.

Max no había sufrido nunca una humillación semejante. Yacía en el suelo de espaldas, mirando al cielo. Apenas entrar al granero, todo un ejército de gallinas se le había echado encima. Solo había visto plumas por todas partes.

Afortunadamente, se había puesto el abrigo y el gorro de lana, pero tenía la parte de atrás del cuello toda llena de nieve.

Sintió un escalofrío y se sentó en el suelo. De ninguna manera iba a presentarse así ante Raine. Sabía que estaba esperándolo en la puerta trasera de la casa para recogerle la leña. Debía haberse partido de risa al verlo por los aires, aterrizando en aquel montón de nieve. Dios sabía adónde podía haber ido el cubo que llevaba. Solo se había preocupado de librarse del ataque de aquella nube de picos y plumas.

Debía tener unas cuantas magulladuras y moretones. Tal vez, Raine se ofreciera a darle unos masajes, pero no estaba muy convencido de ello.

Aquellas malditas gallinas estaban por todas partes: cacareando, picoteando y revoloteando. ¿No se suponía que debían estar poniendo huevos e incubándolos tranquilamente?

Se levantó y se sacudió la nieve de la espalda. Encontró el balde cerca de la puerta del granero y se dirigió al rincón donde estaba apilada la leña.

–Siento molestaros –dijo él, abriéndose paso entre las gallinas, sintiéndose ridículo de estar hablando con ellas–, pero tengo que sacar un poco de leña.

Llenó el cubo y salió con mucho cuidado del granero. Afortunadamente, las pequeñas criaturas salvajes no querían pasar frío y no le siguieron por la nieve.

Al llegar a la parte de atrás de la casa, Raine le abrió la puerta con una mano. Con la otra, se estaba tapando la boca. Por la expresión de sus ojos, él adivinó que se estaba partiendo de risa.

–Adelante. No te reprimas.

–No sé de qué me estás hablando –respondió ella muy seria, apartándose la mano de la boca.

Max dejó el cubo de leña en el suelo y recogió otro vacío.

–¿Ahora quién es el embustero? –preguntó él.

Los ojos de Raine se clavaron en sus labios. Max

se alegró de no ser el único al que le costaba controlar el deseo.

–Voy a descargar el cubo –dijo ella–. Creo que con un viaje más será suficiente.

–¿Quieres huir de mí? –preguntó él.

–No, solo quiero que estemos calientes esta noche.

Max se acercó un poco más a ella, hasta sentir el calor de su aliento en el rostro.

–Hay muchas maneras de calentarse, Raine. Si no recuerdo mal, antes te gustaban mucho las duchas de agua caliente.

Raine parpadeó un par de veces y luego suspiró profundamente.

–Max... no puedo... revivir el pasado.

–No estoy hablando del pasado sino de las emociones que estamos sintiendo en este momento –replicó él, dejando el cubo en el suelo y poniéndole las manos en la cintura a Raine.

–Tú no sabes lo que yo estoy sintiendo –susurró ella.

Max le rozó los labios con los suyos una fracción de segundo.

–No, pero sí lo que estoy sintiendo yo.

Ella le acarició la mejilla con sus dedos largos y delicados. Max le separó los labios con la lengua y la estrechó entre sus brazos.

De repente, un grito agudo rompió el silencio y la magia del momento.

Raine se echó hacia atrás y miró el monitor de bebés del que provenía el llanto.

–No –dijo Max–, no digas que lo sientes. No digas que ha sido un error.

–Está bien, pero no debe volver a suceder –replicó ella, corriendo hacia las escaleras para subir al cuarto de la niña.

Max oyó, a través del monitor, la voz suave de Raine tratando de tranquilizar a Abby.

Cuando la oyó cantar, se sintió transportado al tiempo en que se conocieron en el teatro, durante el casting. Ella había interpretado el único monólogo de la obra. Su voz dulce y angelical había destacado por encima de las demás. Todas las miradas se habían dirigido a aquella chica tímida que había en el escenario con una falda plisada y un recatado suéter, probablemente elegidos por su madre. Era un atuendo que no se adaptaba en nada a su personalidad. Ella era más de camisetas y pantalones vaqueros.

Max recogió el cubo y volvió a la nieve y a las gallinas diabólicas. Sí seguía escuchando a Raine, se sentiría arrastrado a revivir un pasado del que había conseguido salir a duras penas.

El tiempo no colaboraba. Eran casi las diez de la noche, las calles estaban oscuras y desoladas, y la nieve seguía cayendo con la misma intensidad.

Abby se había tomando el biberón. Con un poco de suerte, se quedaría dormida unas horas.

En el dormitorio principal había ahora un fuego confortable en la chimenea. Había llevado leña para toda la noche y parte del día siguiente. El resto de la casa era prácticamente inhabitable por el frío. Tendrían que quedarse encerrados en el dormitorio con el bebé y la eclosión de hormonas que había quedado flotando en el aire a raíz del beso.

–Voy a cambiarme –le dijo Raine a Max, que estaba sentado en la cama, consultando unos datos en el ordenador.

Max alzó la vista y la miró de arriba abajo. Ella se estremeció como si, además de haberla desnudado con la mirada, la hubiera tocado con las manos, aún podía recordar la sensación de sentirlas sobre sus pechos. ¿Cómo podía olvidarlo? Pero tenía que alejar esos malditos recuerdos.

Se dirigió al vestidor y sacó el pijama más viejo y feo que tenía. No deseaba ponerse nada sexy y seductor mientras él estuviera allí con ella en la habitación.

Entró en el cuarto de baño, cerró la puerta y comenzó a cambiarse. Acababa de desnudarse y ponerse la camisa del pijama cuando se abrió la puerta. Trató de estirarse rápidamente la camisa para que no se le vieran las bragas, pero la tela no dio tanto de sí.

–¿Qué demonios pasa? –preguntó.

Los ojos de Max le recorrieron las piernas desnudas, acentuando su sensación de hormigueo.

–Tenemos que hablar –respondió él, cerrando la puerta.

–¿No podías haber esperado hasta que estuviese vestida?

Él se acercó a ella, como un depredador hacia su presa.

–No hay nada que no haya visto ya. Ponte el pantalón del pijama si eso te hace sentir mejor.

–Date la vuelta.

–¿Pretendes actuar como si nada hubiera pasado y no estuvieras tan excitada? –dijo él con una sonrisa maliciosa–. ¿De verdad no has pensado en lo que podríamos hacer esta noche, estando los dos solos atrapados en esta habitación?

¡Cómo no! No había dejado de pensar en eso. Las hormonas eran muy traicioneras. Cuando asomaban la cabeza, resultaba difícil luchar contra ellas. Pero estaba la niña en juego. No sería bueno para el proceso de adopción que llegase a oídos del juez la noticia de que estaba viviendo una tórrida aventura con el soltero más codiciado de Hollywood.

–Sí, es verdad que me siento atraída por ti –dijo Raine, abrochándose la camisa del pijama hasta arriba–, es difícil sustraerse a los viejos recuerdos.

Él se acercó un paso más y le acarició suavemente las mejillas.

–Tal vez no se trate solo de viejos recuerdos.

Raine suspiró hondo.

Si fuera sincera consigo misma, tendría que admitir que lo que estaba deseando era rasgarle la ropa y comprobar si seguían siendo tan buenos en la cama como antes.

–Yo vivo en el mundo real, Max –replicó ella, tratando de alejar las imágenes eróticas que acudían a su mente–. Si nos acostamos juntos, ¿qué pasaría después? Tengo una granja, un bebé y muchas responsabilidades. En unos meses, tú regresarás a Los Ángeles y te olvidarás de Lenox.

–No tiene por qué ser así, Raine.

–Pertenecemos ahora a mundos diferentes. Es ridículo que nos dejemos arrastrar por nuestros sentimientos, llevados solo por las circunstancias actuales.

–Puede que sea nuestro destino.

–¿Qué es lo que deseas, Max? ¿Tener sexo conmigo y luego, cuando la nieve se derrita, volver a tu casa como si nada hubiera pasado?

Max se pasó una mano por la cara y suspiró, mirando al techo.

–Si te digo la verdad, Raine, no sé qué demonios deseo. Lo único que sé es que no puedo olvidar lo que siento después de haberte besado. Te deseo.

–Yo también te deseo –admitió ella, poniéndole una mano en el hombro–. Pero necesito algo más que sexo. Necesito a un hombre que me ame. Y que ame también a Abby. Acostarnos juntos sería una experiencia maravillosa, pero no nos serviría de nada de cara al futuro.

–Podemos estar atrapados aquí durante días. ¿Vas a ser capaz de resistir la tentación durante tanto tiempo?

Raine tragó saliva y respondió con franqueza.

–Lo intentaré.

# *Capítulo Cinco*

Raine se sintió orgullosa de sí misma cuando se despertó a la mañana siguiente y vio que tenía aún la ropa puesta. Había pasado la noche con Max en la misma cama, preocupada por mantener la dignidad.

Él no estaba ahora en la habitación. Solo estaba Abby. La niña se había quedado dormida a eso de las seis, después de haberle dado el tercer biberón de la noche.

Contuvo una sonrisa. Seguramente Max habría bajado a intentar arreglar la estufa de la cocina. Cuando había ido a levantarse para atender a Abby la tercera vez, él le había hecho un gesto para que siguiera durmiendo, había ido al frigorífico a por el biberón y se lo había dado a la niña. Y por si fuera poco, se había sentado luego al pie de la cama con la niña en brazos y la había acunado dulcemente.

Lo que ella no sabía era que Max, en vez de echarse luego a dormir, se había quedado mirándola.

Se bajó de la cama y se quitó la camiseta del pijama. Entró en el cuarto de baño, se cepilló los dientes y se recogió el pelo en una coleta.

Se miró al espejo. Estaba ojerosa. ¡Bonita estampa! Si sus zapatillas medio rotas no lo espantaban, acabaría haciéndolo su aspecto demacrado de ama de casa agobiada.

Tomó el monitor de bebés y salió de puntillas de la habitación. Hacía frío en el pasillo. Bajó las escaleras pero no vio a Max. Oyó entonces una voz que parecía estar hablando por teléfono en la cocina.

Se quedó inmóvil, con la mano en la barandilla. No pudo evitar escuchar lo que Max estaba diciendo.

–Mi madre está bastante bien... No, no estoy con ella ahora por culpa de esta condenada tormenta de nieve... He oído que hoy va a haber una capa de quince centímetros. Toda la Costa Este está igual. Es un verdadero infierno. En estas condiciones, no puedo ni pensar en regresar a Los Ángeles.

Raine se sintió molesta, sin saber por qué, al escuchar esas palabras. Sabía que Max había ido a Lenox solo para cuidar a su madre, no para estar con ella, pero no podía olvidar lo a gusto que se había sentido teniéndole esa noche a su lado. ¡Malditas hormonas!

–No... Estoy en casa de una amiga. Me detuve para hacerle una visita y me quedé atrapado en su casa por la nieve. Estoy usando su ordenador portátil... Sí... Hay que compaginar el trabajo con el placer. No... es solo una vieja amiga... Sí, de acuerdo.

Raine decidió que era el momento de hacer acto de presencia antes de que él dijera algo que a ella no le gustara oír.

Se acercó a la puerta de la cocina y se dirigió al frigorífico, sacó un zumo de frutas y se fue de nuevo a la escalera. Tenía trabajo que hacer y no era precisamente quedarse mirando al soltero de oro de Hollywood paseando alegremente por su casa. Tenía la misma ropa del día anterior, el pelo revuelto y la cara sin afeitar. Pero, a pesar de eso, estaba irresistiblemente atractivo.

Subió los escalones de dos en dos, suspirando, y entró en el dormitorio a ver a Abby. Luego se dirigió al cuarto de trabajo y dejó el monitor de bebés sobre la mesa. Encendió la pequeña estufa que tenía y cerró la puerta para conservar el calor.

Lo que él hiciera abajo era cosa suya. Abby y ella estaban calientes allí arriba, mientras no cortasen la electricidad, cosa que podría pasar en cualquier momento si continuaba la tormenta.

Oyó, al poco, un golpe en la planta baja. Provenía de la puerta trasera. Sonrió ante la idea de que Max pudiera haber salido a por más leña al granero. No conocía aún a sus encantadoras cabras, Bess y Lulu, era solo cuestión de tiempo que se percataran de que había un intruso en casa.

Sonrió de nuevo al pensarlo, tomó el monitor de bebés y bajó muy decidida las escaleras, dispuesta a ver lo que pasaba. Tenía que dar de comer a los animales de todos modos.

Entró en la cocina y se quedó en la puerta que

daba a la parte trasera de la casa para observar a Max.

Tal como había imaginado, Bess y Lulu habían salido por la trampilla del granero y habían intimidado a Max, boqueándole el paso. A pesar de que él tenía el cuello de la chaqueta subido y el gorro de lana negro calado hasta las orejas, pudo ver la expresión de pánico en sus ojos azules. Tal vez debería habérselo advertido... Aunque bien pensado, así sería mucho más divertido.

Abrió ligeramente la puerta, lo suficiente para que la oyera.

–No te preocupes. Son como perros. Les gusta la gente.

–¿Qué diablos significa eso? Nunca he tenido un perro –replicó él.

–Hazles una caricia y sigue caminando. Volverán al granero en cuanto entres.

Contempló a Max entrando en el granero. Habían pasado muy buenos momentos en la granja de su abuela. Habían montado a caballo, habían reído juntos y habían ido de picnic al campo. Pero de eso hacía ya mucho tiempo. Su abuela estaba muerta, los caballos se habían vendido y todo lo que quedaba eran recuerdos agridulces.

Contuvo las lágrimas al ver a Max volviendo con el cubo de leña y limpiándose las botas antes de entrar. Tomó el balde mientras Max se quitaba el abrigo, las botas y el gorro de lana.

–Sigue nevando –dijo él, colgando el abrigo en el perchero.

–Yo ya ni escucho los informes meteorológicos. Que nieve todo lo que quiera.

–¿Estás bien? –dijo él, mirándola detenidamente.

–Sí –respondió ella con una sonrisa–. ¿Por qué lo dices?

–Los dos somos unos embusteros profesionales y sé que me ocultas algo.

–Verte ahí en el granero me ha traído viejos recuerdos. Eso es todo.

–Los recuerdos no deberían ponerte triste.

Raine dejó el cubo en el suelo y se cruzó de brazos.

–Tienes razón. Son unos recuerdos maravillosos.

Max se pasó la mano por el pelo y se acercó un poco más a ella.

–Hemos estado separados muchos años, pero eso no significa que te haya olvidado. Si te soy sincero, tengo que confesarte que me alegro de haberme quedado atrapado aquí contigo. Tal vez el destino haya querido darnos otra oportunidad.

–No podemos cambiar el pasado, Max. No te quedarás en Lenox más que el tiempo estrictamente necesario. Te he oído hablando por teléfono. Sé que tienes un gran proyecto esperándote en Los Ángeles y me alegro por ti... Reabrir lo que pasó entre nosotros hace años no conseguiría volver a unirnos ni borrar todo el dolor sufrido.

–No, pero puede aliviar esta tensión que existe entre nosotros.

–¿Tensión? –exclamó ella, sonriendo–. Creo que es algo mucho más que eso.

Max le puso las manos en los hombros, atrayéndola hacia su pecho.

–Conozco una manera de liberarnos de esta tensión –dijo él, besándola suavemente en la boca.

Ella hundió los dedos en su suéter y se dejó llevar. Sabía que estaba cometiendo un gran error, pero no podía evitarlo. Estaba en los brazos de Max y sentía como si el tiempo no hubiera pasado por ellos, como si todo siguiera tan feliz como antes. Sin dolor, sin heridas.

Max la besó, deslizando las manos por debajo de la camiseta del pijama.

Raine se estremeció al sentir el contacto de sus dedos fríos en la piel. Contuvo el aliento, pero él siguió subiendo las manos hasta llegar al nacimiento de sus pechos. Ella no se había molestado en ponerse sujetador, y se alegró de ello.

Antes de que se diera cuenta, Max le quitó la camiseta, la agarró por la cintura y se la llevó en volandas a la escalera. Ella echó la cabeza atrás al sentir los labios de él bajando por el cuello hasta sus pechos. Se aferró a sus hombros, como si temiera perderlo, deseando que no ocurriese nada que pudiera arruinar la magia del momento.

Al llegar al pie de la escalera, Max la soltó, dejándola con la espalda apoyada en la barandilla.

–Si quieres que pare y decirme que esto es un error, dímelo ahora. No puedo pensar cuando estoy contigo. Lo único que sé es que te deseo...

–Este momento solo deseo estar contigo.

Como movido por una fuerza imperiosa, Max se desnudó en un segundo y luego le bajó el pantalón del pijama y las bragas.

–Hace mucho frío aquí –susurró él–. Vamos arriba.

Volvió a tomarla en brazos y subió con ella las escaleras hasta el dormitorio donde Abby seguía profundamente dormida. Entró en el cuarto de baño, abrió la puerta con el pie y dejó a Raine en el suelo con mucho cuidado.

Con la luz que se filtraba por la pequeña ventana del fondo, ella vio el cuerpo gloriosamente desnudo de Max y sintió que le fallaban las rodillas. Lo había tenido presente durante años en cada rincón de la casa...

Se fijó en la cicatriz que tenía en el hombro. Deslizó la punta de los dedos por la línea de color rojo pálido de su piel.

–¿Aún te duele?

–Eso fue hace mucho tiempo –contestó él, abrazándola por la cintura y besándola apasionadamente.

Ella arqueó la espalda, agarrándose a sus hombros, ardiente de deseo, mientas él continuaba su recorrido erótico por la boca, el cuello y los pechos.

–¿Llevas algún preservativo? –preguntó ella, jadeando.

Él se quedó inmóvil con la cabeza apoyada sobre sus pechos.

–No. No había pensando que pudiera quedarme atrapado aquí contigo.

Ella, por toda respuesta, sonrió y apretó las caderas contra las suyas.

Max la levantó en vilo y la sentó sobre el lavabo de mármol. Ella envolvió las piernas alrededor de su cintura. No podía esperar un segundo más. Se apretó contra su cuerpo, empujando con los tobillos para sentirlo más dentro. Había pasado tanto tiempo desde que había estado con un hombre... Y ahora tenía por fin a Max... Deseaba aprovechar el momento y llegar hasta el final, olvidándose de todo lo demás. En ese instante, no existían ni Hollywood ni los problemas. Solo Max.

Él le acarició los pechos y ella comenzó a mover las caderas. Al principio, lentamente, y luego cada más rápido, mientras él seguía besándola y explorando su cuerpo.

Ella le agarró por los hombros, usándolos como palanca para acelerar el movimiento de las caderas y hacer la penetración más profunda.

–Raine... yo...

La frase de Max murió en sus labios. Mejor así, se dijo ella. Lo único que deseaba en ese momento era llegar al clímax final y liberar su tensión emocional. No esperaba palabras dulces. Sabía que aquello tenía fecha de caducidad. Los dos lo sabían.

Él la agarró por detrás de la cabeza con una mano y apretó la boca contra la suya, mientras colocaba la otra entre los dos para tocarla íntimamente. Seguía siendo el amante experto de antes. Aún recordaba lo que a ella le gustaba.

En cuestión de segundos, Raine sintió unas convulsiones por todo el cuerpo. Max la agarró por la cintura con las dos manos y aceleró el ritmo de sus empujes. Ella lo miró a los ojos un instante, pero enseguida apartó la mirada.

A medida que llegaban al clímax final, se preguntó lo que había visto en sus ojos azules. Pero temía la repuesta. Sabía que si ahondaba demasiado en ella, podría sufrir una decepción aún mayor cuando él se marchase. Y no estaba dispuesta a cometer el mismo error dos veces.

Raine se puso la bata que había colgada en la puerta del cuarto de baño y, sin decir una palabra, salió del dormitorio. Max la vio marcharse desconcertado.

Se había mostrado algo reservada mientras habían estado haciendo el amor, evitando incluso mirarlo a los ojos. Pero sabía que había sentido algo, aunque hubiera tratado de disimularlo.

¿Por qué no podían dos personas pasar un buen rato sin mezclar el sexo con los sentimientos? Ellos, al parecer, no podían. El pasado se interponía en sus vidas como un obstáculo infranqueable.

Se dejó caer en el sofá y se puso los calcetines de lana. En algún momento tendría que lavar la ropa y darse una ducha.

Tenía que bajar a la planta baja. Había dejado allí toda la ropa. Cuando llegó al pie de la escalera, vio a Raine recogiendo la suya y tratando de ponérsela sin quitarse la bata. Era evidente que no se sentía muy satisfecha de lo que había pasado.

Sonó en ese momento el teléfono móvil de Raine. Estaba en un extremo de la mesa del cuarto de estar. Fue corriendo hacia allí con la camisa a medio poner por culpa de la bata.

–Hola –respondió a la llamada.

Max recogió sus cosas, pero decidió quedarse allí en el vestíbulo, junto a la puerta del cuarto de estar.

–No, Marshall, estoy bien.

¿Marshall? ¿Quién demonios era ese hombre?, se preguntó él, mientras se ponía los calzoncillos y los pantalones vaqueros.

Echó una ojeada por la puerta entreabierta. Vio que ella movía la cabeza negativamente, mirando al techo y suspirando... No hacía falta ser un genio para comprender que el tal Marshall no era santo de su devoción.

–Mi amigo Max está aquí, me está ayudando con las cosas de la casa.

¿Mi amigo? No era ese el calificativo que él hubiera esperado después de haber hecho el amor con ella.

–Sí, es un buen amigo –continuó diciendo ella–. No, no estamos saliendo... Estuvimos saliendo hace años cuando éramos adolescentes... Sí, es Max Ford, el actor... Sí, ya sé lo famoso que es.

Max sonrió. Era consciente de que era un personaje famoso, pero le hacía gracia oír a Raine hablando de ello con otra persona. ¿Habría visto ella sus películas? ¿Lo habría visto en la ceremonia de entrega de los Oscar recogiendo su estatuilla?

–No creo que eso sea asunto tuyo –dijo ella, cruzando al otro lado del cuarto y apoyando el codo en el alféizar de la ventana–. Lo siento, pero tengo que dejarte, Marshall.

Raine colgó y se quedó con el teléfono en la mano.

Max la notó tensa y se acercó a ella con una sonrisa burlona.

–¿Qué? ¿Problemas con tu novio?

–Marshall no es mi novio. A pesar de que mis padres quieren que lo sea porque tiene ambiciones políticas. Salí con él una vez y aún me estoy arrepintiendo de ello.

Max le apartó un mechón de la cara, recreándose en la textura de su piel y de su pelo.

–Por lo que dices, parece que ese hombre no sabe cómo tratar a una mujer hermosa. Lo siento por él –dijo Max, besándola sensualmente en el cuello.

Ella inclinó la cabeza hacia un lado y soltó un leve gemido.

–¿Qué estás haciendo?

–Aprovechándome de la situación –respondió él, agarrándola de la cintura y atrayéndola hacia sí.

–Lo que pasó en el cuarto de baño no fue muy inteligente –dijo ella sin tratar de apartarse.

–Tal vez no, pero sí inevitable.

Se escuchó en ese momento un sollozo a través del monitor de bebés.

–Parece que nuestro juego se ha acabado –dijo Max.

Raine se dirigió a la escalera, pero se detuvo un instante y lo miró fijamente.

–Creo que no deberíamos haberlo empezado.

Max se quedó mirándola, viendo cómo subía corriendo las escaleras. Sabía que estaba diciendo lo que pensaba, pero no podía olvidar que la había tenido en sus brazos y se había rendido a él.

A través del monitor la oyó consolando a la niña. Era una madre maravillosa. Se preguntó si podrían haber llegado a formar una familia juntos, si sus hijos habrían sacado el lado ecologista de ella o el creativo de él, si habrían tenido los ojos azules como él o verde claros como ella.

Raine bajó de nuevo con la niña en brazos. Max sintió algo especial al ver aquella estampa tan maternal y llena de ternura, pero sabía que no había absolutamente nada que él pudiera hacer al respecto. No quería involucrarse sentimentalmente con ella, ni entrar en aquel mundo loco de alimentos orgánicos, cabras demasiado sociables y cambios continuos de pañales. Quería marcharse de Lenox en cuanto su madre terminase el tratamiento. Deseaba empezar a trabajar con Bronson Dane en la nueva película que podría suponer su lanzamiento definitivo. Pero la atracción que sentía hacia Raine se iba haciendo más fuerte.

–Iré a echar más leña en la chimenea de la habitación –dijo Max, dirigiéndose a la cocina a por el cubo de madera–. ¿Te importa si me doy luego una ducha?

Vio cómo Raine sostenía al bebé con una sola mano mientras usaba la otra para preparar el biberón. Sin duda, tenía un instinto maternal innato.

Volvió a sentir algo especial en el corazón que le hizo recordar su infancia. Su madre biológica lo había abandonado y los Ford se habían hecho cargo de él. Elise había sido la mejor madre que podría haber tenido: paciente, cariñosa y abnegada. Raine tenía esas mismas cualidades.

–En absoluto –contestó ella–. Puedes usar mi cuarto de baño. Si quieres, deja la ropa en la cama y te la devolveré lavada. Puedes ponerte mientras un albornoz que hay colgado junto a la ducha.

–Muy bien. Gracias.

–Iré a por una estufa grande que guardo en el garaje y la pondremos en la cocina. No estaremos tan calientes como en el dormitorio pero al menos no pasaremos tanto frío. Cuando hayas terminado, iré también a darme una ducha, si puedes hacerte cargo de Abby unos minutos.

A Max no le desagradaban los bebés pero tampoco tenía madera de niñera. La experiencia que había vivido esa noche con Abby, levantándose de la cama para darle el biberón, había sido muy entrañable, pero… Trató de alejar esos sentimientos. La planta baja se estaba convirtiendo en una cámara frigorífica. Tenía que llamar a un técnico para que arreglara la caldera. Su madre conocería a alguno de confianza que podría acercarse en cuanto las carreteras estuvieran transitables.

–Por supuesto –replicó él–. Volveré en seguida.

Después de ducharse, llamó a su madre para que le diera el nombre y el teléfono del técnico. Sabía que la había dejado en buenas manos, pero se alegró de hablar con ella y ver que seguía bien. Las máquinas quitanieves debían haber salido ya a limpiar las carreteras. Era de esperar que, en las próximas horas, pudiera marcharse.

Tenía que marcharse de allí lo antes posible. Sería lo mejor para los dos.

Raine tuvo que morderse literalmente los labios para no decir nada, pero no pudo evitar una leve sonrisa al ver aparecer a Max en la puerta del cuarto de estar.

–No había ningún albornoz en la puerta del baño –dijo Max–, así que he tenido que ponerme esto.

Llevaba puesta una bata de flores abierta por el medio y la sujetaba celosamente con las dos manos para tratar de ocultar sus atributos masculinos.

–Habré puesto el albornoz en otro sitio –replicó Raine, conteniendo la risa–. Tiene que estar por ahí. Iré a buscarlo.

–Espera –dijo él, agarrándola del brazo–. ¿Qué tengo que hacer si la niña se pone a llorar?

Raine miró al bebé, que estaba muy sonriente

mirando los ositos de peluche que colgaban de una varilla de la sillita.

–Será solo cosa de un minuto. Además, no creo que tengas ningún problema, estuviste muy cariñoso anoche con ella. Aún no te he dado las gracias por ello.

Raine se soltó de él y lo miró fijamente. La imagen de Max Ford en bata de seda le daba risa. Si su padre pudiera verlo ahora...

Max siempre había hecho todo lo posible para que su padre se sintiera orgulloso de él. Sin embargo, a pesar de todos los premios que había recibido por sus películas y las campañas benéficas en las que había colaborado, su padre nunca había aprobado que se dedicase a aquella profesión. Siempre había querido que trabajase en el negocio familiar. Pero Max nunca había sentido deseos de ser dueño de una cadena de restaurantes.

Raine volvió con el albornoz al cuarto de estar. Vio a Max mirando absorto a Abby.

–Parece que está ahora muy a gusto. ¿Cuánto crees que durará así? –preguntó él.

–Solo llora por la noche.

Max tomó el albornoz, lo echó un vistazo y luego la miró a ella.

–Puedes cambiarte sin miedo –dijo ella con una sonrisa–, te aseguro que Abby no se fijará en ti.

Max la miró fijamente, dejó caer la bata de seda al suelo, dejando al desnudo su cuerpo glorioso y su poderosa virilidad masculina, y se puso el albornoz sin apartar sus ojos azules de ella.

–Parece que la nevada empieza a remitir –dijo él, anudándose el cinturón–. ¿Tienes algún plan para el día de San Valentín?

–¡Oh, sí! –exclamó ella, cruzándose de brazos–. Abby y yo tenemos pensado celebrarlo a lo grande con un par de botellas de leche de cabra y unos chocolates orgánicos.

–Lo digo en serio. ¿No tienes ningún plan?

–¿Crees que me habría acostado contigo si pensara salir con otro hombre pasado mañana?

–No, pero pensé que debía preguntártelo –replicó él.

–Pues ahora ya lo sabes. Pero no tengo ningún interés en celebrar el día de San Valentín contigo. Si nos hemos acostado juntos ha sido solo para tratar de aliviar la tensión y olvidar los recuerdos del pasado.

–¿Qué hay de malo en que dos viejos amigos salgan juntos y pasen un día agradable?

Ya había llenado su cupo de locuras acostándose con Max esa noche, pero no estaba dispuesta a salir con él para ser la comidilla de la ciudad. No podía permitirse ningún paso en falso que comprometiese la adopción de Abby. Y Max Ford era uno de esos hombres que no pasaba desapercibido. Especialmente para las mujeres.

–¿Estás hablando de pasear juntos por una ciudad de la que mi padre es el alcalde? No, gracias. Además, el día de San Valentín no significa nada para mí. No necesito una cita sentimental que me recuerde todo lo que no tengo.

Raine le dio la espalda y se fue a ver a Abby. Se puso en cuclillas junto a la sillita y movió los ositos de peluche colgantes. La niña sonrió al ver los juguetes bailando en el aire.

–No te avergüences de ello, Raine –dijo Max sentándose a su lado–. Aquello no salió bien. Los dos teníamos nuestros sueños. Unos se hicieron realidad y otros no. Pero no veo la razón para que te sientas avergonzada porque te pida que salgas conmigo el día de San Valentín. Si no quieres saber nada de mí, lo entenderé, pero mi oferta sigue en pie.

–No te preocupes por mí. Estaré bien en casa con Abby.

Sabía que se trataba solo de una cita por compasión. Solo los unía el sexo. Se habían visto obligados a convivir en la misma casa y habían aprovechado la ocasión. Eso era todo.

–Tengo que subir más leña antes de meterme en la ducha –dijo ella, poniéndose de pie.

Max se levantó también y le puso una mano en el brazo.

–Espera, iré yo.

Ella lo vio subir las escaleras con aquel albornoz ridículo y no supo si echarse a reír o a llorar... o sacarle una foto y venderla luego a una revista del corazón.

Luego sacó a Abby de la silla y la tomó en brazos.

–Tienes mucha suerte de no entender nada de lo que está pasando. ¿Quieres que te dé un buen consejo? Quédate siempre así y no crezcas nunca.

# *Capítulo Seis*

Max se mordió la lengua cuando su madre le dijo que era una oportunidad única para él y que haría además un gran servicio a la comunidad.

Después de dos días, había dejado de nevar, pero las calles estaban aún intransitables.

–Mamá, sabes que adoro el teatro, pero no hay tiempo –dijo Max, dirigiéndose a la ventana del dormitorio con el teléfono móvil en la mano.

Raine, tras darse una ducha, había bajado a hacerse cargo de Abby. Él había recibido entonces la llamada de su madre y había decidido subir allí para poder hablar con más intimidad.

Verla recién salida de la ducha con el pelo húmedo había aumentado su libido. Aún se sentía embriagado por su visión y por el vapor del baño que llenaba la habitación, mezclado con un aroma de jazmín fresco, probablemente de alguna de sus lociones exóticas.

–Cariño –dijo su madre–, piénsalo bien. La obra no se estrenará hasta primeros de abril. Tienes casi dos meses para prepararla. Las representaciones durarán solo una semana y podrás volver luego a tiempo a Los Ángeles.

Ella tenía razón. Él adoraba el teatro Shakespeare de Lenox. Allí era donde había empezado y donde había conocido a Raine.

Oyó la voz suave de Raine cantando en la planta baja. Solía hacerlo cuando creía que él no la oía. La había visto cantando en el teatro cuando eran adolescentes y se había enamorado de ella en seguida. Tal vez revivir aquella experiencia no estuviera tan mal.

–Está bien –dijo Max–, ¿puedes enviarme el guion? Me gustaría saber dónde me estoy metiendo.

Su madre dio un grito de alegría.

–Sabía que podía contar contigo, Max. Con la recaudación, podrá acometerse la reforma que el teatro llevaba necesitando desde hace tiempo. No sabes lo orgullosa que estoy de ti.

Max estuvo unos minutos más conversando con su madre. Sabía que la estaba haciendo feliz. Cuando colgó, miró el reloj y se dio cuenta que era la hora de acostar a Abby. Apagó la luz del techo y encendió la lámpara de la mesita de noche.

Al bajar, se cruzó con Raine en el rellano de la escalera. Llevaba a Abby en un brazo y el biberón en la otra mano.

–Me gustaría hablar contigo cuando Abby se haya dormido.

–Volveré en seguida –respondió ella–. Creo que la estufa está haciendo un buen servicio en el cuarto de estar. Hablaremos allí.

Max se dirigió a la cocina a ver lo que había en el frigorífico. Solo vio un queso de cabra y algunas otras cosas de dudosa naturaleza. Pensó que sería mejor no tomar nada. Estaba acostumbrado a la buena cocina. Estaba ya harto de espárragos.

Ella volvió al cabo de unos minutos con el biberón vacío en la mano y lo aclaró en el fregadero.

–¿Y bien? ¿Qué es eso tan importante que tenías que decirme?

Max se encogió de hombros y se apoyó en la encimera.

–Acabo de hablar con mi madre. Me ha pedido que colabore en una obra de teatro, se trata de una obra benéfica para recaudar fondos. Al parecer, el teatro necesita algunas reformas –replicó él–. No va a haber mucho tiempo para prepararla, pero me seduce la idea. Podría ser interesante volver al lugar donde empecé mi carrera. ¿Qué opinas?

–No es asunto mío lo que hagas o dejes de hacer. Ha sido un día muy largo, Max. Tengo que aprovechar para descansar mientras Abby esté dormida.

–¿Por qué haces esto?

–¿Hacer qué?

–Huir de las cosas que no te agradan.

Raine lo miró un instante por segunda vez y se echó a reír.

–Pensé que ya lo teníamos todo hablado. Además, no creo que tú seas el más indicado para hablar de huidas.

–Yo nunca hui de ti, Raine. Yo no fui el que se asustó de la situación.

Max sintió la bofetada de Raine en plena mejilla, apenas una fracción de segundo después de pronunciar esas palabras.

–Tú no sabes lo que tuve que pasar cuando te fuiste. Así que no te atrevas a hablarme de huidas ni de sustos.

Max se frotó la cara con la mano, conmovido al ver sus ojos llenos de lágrimas.

–Raine, ¿qué pasó? ¿Qué cosa tan terrible sucedió para que suscite en ti esas emociones tan profundas?

Ella parpadeó un par de veces para contener las lágrimas y desvió la mirada a otro lado.

–Desenterrar el pasado no va a cambiar nada. Solo conseguiría hacer las cosas más difíciles entre los dos. Será mejor seguir comportándonos como personas civilizadas.

–Ya lo fuimos una vez –dijo él, agarrándola por los hombros–. Demasiado civilizados, quizá.

–No lo entiendes, ¿verdad? –exclamó Raine, apartándose de él–. Tú estás aquí por casualidad. Pero yo tengo aquí mi vida y un bebé que depende de mí. Cuando hicimos el amor anoche, traté de convencerme a mí misma de que era una cosa natural, pero no pude. Me hizo recordar cosas que deseaba haber olvidado. Y ahora vienes hablando del teatro. Es la gota que colma el vaso. Sería hacerme revivir aquellos días en que nos conocimos... No, no podría soportarlo.

Max sintió odio hacia sí mismo. Se odiaba por haberla dejado, a pesar de que había hecho todo lo posible para que lo siguiera a Los Ángeles. Y odiaba al destino por haberlos puesto en contacto de nuevo cuando ninguno de los dos estaba preparado para controlar sus emociones.

–Escucha –dijo él en voz baja–. No saqué el asunto del teatro con intención de hacerte daño. Solo quería una amiga con la que poder hablar de ello y que me comprendiera. A pesar de los años que han pasado, sigo siendo el mismo hombre de siempre.

–¿A qué hombre te refieres? El hombre del que yo me enamoré compartía mis mismos sueños. El hombre al que adoraba y con el que me sentía segura nunca me habría hecho daño.

–¿Y crees que yo no sufrí? Tú me olvidaste, Raine. Trabajé con tesón para conseguir un lugar donde pudiéramos vivir juntos. Compré un apartamento con un pequeña terraza y soñaba con poder enseñártelo.

–¿Qué? Pero… No sabía nada de eso. Nunca tuve noticias tuyas. Nunca me dijiste…

–Te llamé. Te llamaba todos los días. Tu madre me decía siempre que no estabas en casa o que estabas enferma. Yo seguí insistiendo hasta que un día me dijo que no querías hablar conmigo porque estabas saliendo con otro chico.

–¡Te mintió! ¡Te mintió! –exclamó Raine, mientras dos torrentes de lágrimas corrían por sus mejillas.

Max sintió un dolor agudo en el estómago. Durante años, había pensado que ella le había rechazado, pero ahora, al ver su sorpresa, se daba cuenta de que ambos habían sido víctimas del mismo engaño.

–¿No llegaste a sospechar nunca nada?

–No –respondió ella con los ojos brillantes de lágrimas–. Pero ¿tú me deseabas?

–Sí, necesitaba irme de esta ciudad, pero no quería dejarte aquí. Sabía que nadie te amaría tanto como yo.

–Tuviste un carrera meteórica. Salías continuamente en las revistas del corazón rodeado de mujeres, así que cuando no tuve noticias tuyas, pensé que...

Max cerró los ojos, incapaz de ver el daño que había causado involuntariamente.

–Cuando vi que no podía ponerme en contacto contigo, me di cuenta de que había cometido un error marchándome de Lenox. Pensé en volver, pero perdí la sensatez cuando tu madre me dijo que estabas saliendo con otro. La vida había dejado de tener sentido para mí.

–La cicatriz que tienes en el hombro es de aquel accidente de moto que tuviste al poco de marcharte de aquí, ¿verdad?

–Sí. Estaba tan furioso contigo por haberme despreciado... ¿Podrás perdonarme?

–No tengo nada que perdonarte. Los dos fuimos víctimas de una mentira y los dos sabemos quién fue la culpable de todo.

Max sintió una mezcla de ira, furia y amargura.

–¿Por qué tus padres se oponían de ese modo a nuestra relación?

–Mi madre me ofreció darme un anticipo de la herencia si dejaba de verte y salía con un chico que estudiaba derecho y aspiraba a llegar a senador. No hace falta decirte que no acepté.

–Tienes que enfrentarte a tus padres.

Raine asintió con la cabeza.

–¿Te gustaría ir conmigo?

–Si voy contigo, las cosas podrían complicarse más. ¿Qué tal si me quedo cuidando de Abby mientras tú vas a hacerles una visita? Creo que ya le he pillado el tranquillo a esto –dijo Max con una leve sonrisa–. Darle el biberón, cambiarla y acostarla. Eso es todo, ¿no?

Raine sonrió y su dulce sonrisa iluminó el cuarto.

–Supongo que sí –dijo ella, apoyando la cabeza sobre su pecho–. No sé qué voy a decirle a mis padres. Sé que tratarán de justificarse por lo que hicieron, pero lo cierto es que me robaron la vida. Porque tú eras mi vida, Max.

¿Cómo podrían afrontar aquella revelación? Había transcurrido mucho tiempo, pero sus sentimientos eran ahora más fuertes que cuando tenían dieciocho años.

Y en caso de que fueran capaces de superar sus problemas emocionales, ¿dónde vivirían? Él tenía su vida en Los Ángeles. Ella, en cambio, tenía su vida, su trabajo y su bebé en Lenox.

Tal vez habían dejado pasar ya la oportunidad de ser felices juntos.

–Está bien, iré a hablar con mis padres. ¿Y luego qué? –preguntó Raine, mirando a Max a los ojos como si tratara de encontrar la respuesta en ellos.

–¿Significa eso que no quieres intentarlo? –dijo él, agarrándola de las muñecas.

–Significa que tengo miedo.

–Yo también –replicó él, besándola en los labios y estrechándola contra su pecho.

Deseaba extirpar su dolor y hacerle olvidar todo lo malo que había habido entre ellos. Tras un instante de vacilación, ella apoyó los brazos en sus hombros y le rodeó el cuello.

Tuvieron que separarse unos segundos para que él pudiera quitarle la blusa. Luego sus bocas volvieron a fundirse, una vez más, mientras él le quitaba el sujetador.

Raine arqueó la espalda, ofreciéndole el cuello y los pechos.

Él recorrió con la lengua cada centímetro de su piel, lentamente, como si tuviera todo el tiempo del mundo.

Habían cometido un gran error en el pasado y, tal vez, estaban cometiendo otro mayor ahora. Pero no podían evitarlo.

Se desplazaron por el cuarto abrazados hasta que tocaron una pared. Con un par de movimientos frenéticos se desprendieron de la ropa que les quedaba.

Max le tocó las caderas desnudas y subió luego por su cintura hasta sus pechos. El cuerpo de ella se estremeció al contacto de sus manos.

Aunque pensara marcharse de Lenox en unos meses, deseaba pasar ese tiempo con ella. Quería llegar a conocerla de nuevo. Cuando llegase el momento de la despedida... Bien, ya se ocuparían de eso a su debido tiempo.

No había que adelantar acontecimientos.

Quienquiera que estuviese llamando a la puerta era bastante inoportuno. Raine se bajó de la cama, se puso la bata y salió de puntillas de la habitación para no despertar a Abby ni a Max.

Se ató el cinturón de la bata y abrió la puerta.

–Marshall, ¿qué estás haciendo aquí a estas horas de la mañana?

Él la miró de arriba abajo de tal forma que ella se arrepintió de no haberse puesto el albornoz grueso de felpa, pues no llevaba nada debajo.

–Solo quería saber cómo estabas y decirte que han bajado el nivel de alerta. Ya se puede circular por las carreteras, aunque solo en casos de necesidad...

Raine oyó entonces unos pasos detrás de ella. No necesitaba volver la cabeza para saber quién era, pero miró de soslayo y se mordió la lengua. Max estaba con los pantalones vaqueros desabrochados y llevaba a Abby en brazos sobre su torso desnudo. Parecía un padre de familia. Se sintió embargada de nostalgia. Esa podría haber sido una escena cotidiana de su vida... si su bebé no hubiera muerto junto con sus sueños.

A pesar de que habían descubierto anoche la verdadera razón de su separación, ella no había sido capaz de confesarle lo de su malogrado embarazo. No había querido echar más leña al fuego.

–Veo que no has estado sola durante la tormenta –dijo Marshall, arqueando una ceja.

Max se puso al lado de Raine y miró a Marshall detenidamente.

–Gracias por informarnos del estado de las carreteras.

–Le diré a tu padre que estás bien, Raine –dijo Marshall, mirando a Max con cierto recelo, y dirigiéndose luego a su camioneta.

Raine cerró la puerta y echó el cerrojo.

–¡Qué inoportuno!

–Abby se despertó y se puso a llorar –dijo Max–. No sabía qué hacer. Además huele... bueno, ya sabes a lo que huele.

Raine se echó a reír y tomó al bebé en brazos.

–No te asustes solo por un pañal sucio, Max.

–No me asustan los pañales –dijo él mientras subían las escaleras–, pero me daba miedo cambiarla. Podría haberle hecho daño o haber esparcido todo por el suelo o por la cama.

Raine sonrió de nuevo mientras entraban en el dormitorio. Dejó a Abby en la cama y sacó un pañal limpio de la cómoda.

–No puedes hacerle daño por cambiarle un pañal –dijo ella, desabrochando a la niña los corchetes del pijama–, y las toallitas que hay aquí sirven para algo.

Cuando terminó de ponerle el pañal, la tomó en brazos y le dio unas palmaditas en la espalda. Max se quedó mirándola con los brazos cruzados.

–Eres una madre maravillosa.

–No hace falta ser una madre modelo para saber cambiar los pañales a un bebé.

–Pero he visto la paciencia y la ternura con que lo haces. Yo, en cambio, me pongo nervioso.

–A mí me pasaba igual al principio.

–¿Crees que Marshall irá a contárselo todo a tu padre?

–Estoy segura de que estará ahora en la camioneta hablando con él por el móvil. Pero no me importa. Mis padres ya no pueden controlarme –respondió ella–. No creo que se sientan muy felices cuando Marshall les cuente que nos ha visto medio desnudos.

Max se sentó en el borde de la cama y la miró fijamente.

–Sé que tus padres no te aprecian mucho, pero seguramente les encantará tener una nieta.

–Estoy segura de que lo hacen con su mejor voluntad, pero ya han reservado a Abby una plaza en una escuela privada de esas en las que hay una larga lista de espera para entrar. No han tenido en cuenta mi deseo de enseñarla en casa los primeros años. Ya que no consiguieron controlarme a mí... Pero no pienso permitirlo. Abby seguirá su propio camino en la vida.

–Eres una mujer extraordinaria, Raine –dijo él agarrándole las manos y atrayéndola hacia sí–.

Pero tiene que ser muy duro sacar a la niña adelante tú sola. ¿Qué hace el padre de Abby en todo esto? ¿No puede ofrecerle al menos alguna ayuda económica?

Raine negó con la cabeza. No había ninguna necesidad de entrar en el fondo de esa historia.

–Estoy yo sola en esto. Pero conseguiré salir adelante. Las cosas mejorarán cuando llegue la primavera y tenga más pedidos.

–Te pagaré una nueva caldera.

Raine apartó instintivamente las manos de él.

–¡Ni se te ocurra! Yo la pagaré cuando la necesite. De momento estamos bien así, mientras tengamos leña.

–¿Y qué harás cuando la leña se acabe si continúa el frío? Sabes muy bien lo crudo que es el invierno en la Costa Este.

–Ya se me ocurrirá algo. Siempre he sabido salir de un aprieto.

–¿Por qué no me dejas que te ayude?

–Porque tú estás aquí solo de paso y no siempre tendré a un príncipe que venga en su caballo a rescatarme –respondió ella con una sonrisa–. Prefiero valerme por mí misma a tener que depender de otra persona.

–¿Qué pasó con el dinero que recibiste cuando cumpliste veinticinco años? Lo siento… No debería habértelo preguntado.

Raine se dirigió al vestidor y sacó unos pantalones negros de yoga y una sudadera. Quería vestirse como todos las mañanas y hacer su vida normal.

–Mis padres me dijeron que solo me darían el dinero si me atenía a sus reglas.

–¿Se quedaron con tu dinero? ¿Por qué hicieron algo así?

–Porque yo te amaba y pensaba marcharme. Y porque tuve... algún problema cuando te fuiste.

–¿Qué tipo de problema?

–Preferiría dejar eso para otra ocasión.

Max la miró como si fuera a decirle algo, pero se quedó callado y asintió con la cabeza.

–Tengo que ir a por leña y a dar de comer a las gallinas y las cabras –dijo ella, recogiéndose el pelo con una cinta–. Quédate con Abby mientras tanto.

–Ten cuidado con la cabra negra. Es la más peligrosa.

Raine soltó una carcajada y salió de la habitación. Parecía que Max estaba empezando a sentirse a gusto allí. El icono de Hollywood parecía estar a sus anchas en aquella granja destartalada.

Al entrar en el granero, Bess y Lulu le dieron la bienvenida y las gallinas se arremolinaran a sus pies. Le gustaba su vida. Le encantaban sus plantas, sus gallinas y sus cabras. Le encantaba su casa, a pesar de las reparaciones que necesitaba. Y, sobre todo, le encantaba ser madre.

El proceso de adopción se estaba alargando demasiado, pero su abogado le había asegurado que iba por buen camino. Así que, solo le quedaba esperar acontecimientos... y recapacitar sobre lo que debía hacer con su corazón.

Y con Max Ford.

***

Abby comenzó a quejarse. Max intentó entretenerla moviendo el gatito de peluche, pero sin ningún resultado. Empezó a ponerse nervioso. No sabía qué hacer. La tomó en brazos. Al instante, dejó de quejarse.

–¿Me estás tomando el pelo? –exclamó Max.

Vio que le caían babas por la barbilla pero no le dio asco. La veía tan adorable que le entraron ganas de estrujarla contra el pecho. Pero se contentó con disfrutar de su aroma dulce y fresco.

Se sentó en una silla cerca de la chimenea y miró detenidamente a Abby. No se parecía en nada a Raine. La niña tenía los ojos castaño oscuros y ella los tenía verdes. Raine tenía la piel clara y Abby era algo más morena. Seguramente, se parecería a su padre.

Abby se revolvió un poco. Decidió sentarla en las rodillas y ponerse a trotar con los pies.

–No sé si estoy haciendo alguna barbaridad. Lo sabré si te pones a llorar.

El teléfono móvil de Raine, que estaba en la cómoda, sonó en ese momento.

No sabía qué hacer ya con Abby, así que se levantó de la silla y se puso a pasear por la casa. Estaba helada. No podía permitir que Raine y la niña estuvieran en una casa sin calefacción en pleno invierno. Ya había pedido a su madre que le diera la dirección de un distribuidor de calderas. Cuando estuviese instalada y pagada, Raine no podría poner ninguna objeción.

–Tu mamá es muy testaruda, ¿sabes? –le dijo a Abby mientras pasaban por el vestíbulo.

Sonrió al entrar en el cuarto de trabajo donde Raine preparaba sus lociones. Siempre le habían gustado ese tipo de cosas. Cuando eran adolescentes, ella disfrutaba probando un nuevo jabón casero o fabricando velas de cera natural. No le importaba que las amigas de la alta sociedad de su madre la miraran por encima del hombro como si fuera un bicho raro.

Bajó las escaleras y se dirigió a la cocina. Abby empezó a quejarse un poco más y supuso que tendría hambre. Raine le había dado un biberón a eso de las cinco de la mañana.

¿Cada cuántas horas comían los bebés?, se preguntó él.

Eso de ser padre no era nada fácil. ¿Habría algún libro para aprender todas esas cosas?

Abby comenzó a llorar y a patalear. La cosa iba a ponerse fea si no hacía algo enseguida. Rogó al cielo que Raine hubiera dejado preparado algún biberón, porque él no tenía idea de cómo hacerlo. Había visto que Raine usaba, a veces, leche de cabra y otras, mezclaba unos polvos blancos con agua.

Esperaba que hubiera leche en el frigorífico, porque no sabía en qué proporción debía mezclar los polvos con el agua. Y, por nada del mundo, se pondría a ordeñar a una cabra.

Suspiró aliviado al abrir el frigorífico y ver dos biberones preparados. Sacó uno y le metió la tetina a Abby en la boca como si estuviera taponando el agujero de una cañería. Mano de santo: la niña se calló y comenzó a chupar.

Vio por la ventana a Raine dando de comer a las gallinas y las cabras. Le resultaba increíble ver la soltura con la que se desenvolvía entre los animales.

Con la niña en brazos, se acercó a la mesita que había en un rincón. Había algunos papeles en ella, pero lo que le llamó la atención fue un documento pinchado en la pared con una chincheta. Era una citación del juzgado para... la custodia de una niña. Examinó el documento con más detalle y vio que aparecía otro nombre: Jill Sands.

La conocía. Era la prima de Raine. ¿Qué demonios estaba pasando? ¿Por qué no le había dicho que Abby no era su hija biológica?

Una corriente de aire frío entró en la casa cuando Raine abrió la puerta trasera. Se quitó las botas en la entrada y colgó el chaquetón en el gancho de la puerta. Metió los guantes en los bolsillos y colgó luego encima el pequeño gorro rojo. Cuando se dio la vuelta y vio a Max con Abby puso cara de sorpresa, pero luego sonrió.

–No esperaba que le estuvieras dando el biberón.

Max le devolvió la sonrisa mientras miraba al bebé muy orgulloso.

–Estaba algo intranquila e imaginé que tendría hambre. Espero no haber hecho nada mal.

–No, lo estás haciendo muy bien –dijo ella, mirando descaradamente su torso desnudo.

–Será mejor que dejes de mirarme así. Las calle está ya despejadas y debo volver a casa para estar con mi madre.

Raine asintió con la cabeza, se acercó a él y tomó a Abby en brazos con biberón y todo.

–Lo siento, no sé en qué estaba pensando –dijo ella con aire ofendido, sin mirarlo a los ojos.

–Raine... No me rechaces solo porque vaya a ir a ver mi madre. Pensé que...

–No te estoy rechazando, Max. Es solo que tengo miedo de...

–No tienes nada que temer... Espero volver a verte pronto, Raine –dijo él, poniéndole amistosamente una mano en el brazo–. ¿Irás a ver a mi madre un día de estos?

–No me ha hecho ningún pedido últimamente, pero me pasaré a verla. Tengo que hablar con ella de las nuevas especies de semillas que quiere plantar en el jardín.

–Muy bien. ¿Puedo ayudarte en algo antes de marcharme?

–No. Gracias por todo, Max.

–Me gustaría volver a verte y salir contigo una tarde.

–A mí también. Pero antes tendré que ir a ver a mis padres, tal como hemos quedado.

–Tenme al corriente de todo. Ya sabes que puedes contar conmigo para cualquier cosa que necesites.

Raine se acercó a él, se puso de puntillas y le dio un beso en la mejilla.

–Mi casa estará siempre abierta para ti, Max.

También lo estaba la puerta de su corazón, pero no podía decírselo.

–Me alegra oírlo –replicó él.

–No sabes cuánto te agradezco todo lo que has hecho por nosotras. Llevar una casa y una niña no es nada fácil para una madre soltera.

–Puedes estar segura de que, mientras yo esté aquí, no te faltará de nada.

Raine sintió el corazón latiéndole con más fuerza. Ahora sólo podía esperar y rezar para que Max no se marchase nunca de su lado.

Raine casi saltó de alegría cuando vio los pequeños brotes verdes saliendo de las semillas de soja y coles que había plantado en el invernadero. Era una recompensa a todos los esfuerzos que había hecho esos últimos meses, mimando las semillas orgánicas y la tierra, sin usar ningún tipo de producto químico.

Cuando el tiempo mejorase y ya no hubiera riesgo de heladas, podría trasplantarlos a la huerta. Sería la primera en poder ofrecer verduras frescas a la gente. Las perspectivas para la primavera no podían ser mejores.

El teléfono móvil que tenía sobre la mesa de trabajo sonó en ese momento. Sonrió al ver el número que aparecía.

–Hola, Jill.

–Hola, Raine –respondió su prima–. He aprovechado un pequeño descanso en la clase para llamarte. He oído que habéis tenido un tormenta de nieve. ¿Va todo bien por ahí?

–Sí. La caldera se estropeó, pero tengo suficiente leña para pasar lo que queda de invierno.

–¡Oh, Raine, cuánto lo siento! Eres maravillosa. Siempre ves el lado bueno de las cosas. No sabes lo que me gustaría ser como tú.

–Te pareces a mí mucho más de lo que crees –dijo Raine con una sonrisa.

–¿Cómo está Abby? Me encantó la foto que me mandaste la semana pasada. Estaba encantadora con ese pequeño gorro de ganchillo y el lacito rosa. ¿Come bien?

–Sí, está ya muy grande. Sigue dando algo de guerra por la noche, pero mucho menos que antes.

–Sé la carga que debe suponer para ti.

–No digas eso. Abby no ha sido nunca, ni será, una carga para mí. Es una niña adorable y la quiero con toda mi alma.

–Gracias, Raine. Eres lo mejor que me ha pasado en la vida. Has sido un ángel salvador para mí... y para Abby –dijo Jill muy emocionada–. Sé que tomé la decisión correcta dejando que la adoptaras. Ahora mi hija tiene el amor y los cuidados que yo jamás podría haberle dado.

–Siempre he querido tener una familia. Abby es ahora una parte muy importante de mi vida.

–Me gustaría ir a verte cuando nos den las vacaciones de verano… si te parece bien.

–Me darás una alegría –respondió Raine.

–Nunca podré agradecerte lo que has hecho por mí. Cada vez que recuerdo que estuve a punto de… Me pongo mala solo de recordarlo… Lo siento Raine, tengo que dejarte, empieza la clase siguiente. Solo te llamaba para asegurarme de que las dos estabais bien. Te amo, Raine, y te echo mucho de menos.

–Yo también. Espero verte pronto.

Raine colgó, se llevó el teléfono al pecho y cerró los ojos. Su prima Jill estaba haciendo lo que debía. Y sin la ayuda de sus padres. La madre de Jill y la suya eran hermanas. Estaban cortadas por el mismo patrón. Las dos eran igual de arrogantes y puritanas.

Cuando Abby fuera mayor para comprender las cosas, se sentaría con ella y le diría toda la verdad. Pero, de momento, era suya y la amaría y cuidaría como si fuera su propia hija.

# Capítulo Siete

Max dejó a su madre en el jardín, sentada en su silla favorita, y se fue a prepararle el almuerzo. Pensó, mientras tanto, en los buenos ratos que había pasado esos días con Raine y en el amor maternal que demostraba con Abby.

No estaba dispuesto a dejar que su relación se enfriase, pero sabía que los dos necesitaban darse un tiempo para reflexionar. No quería desaprovechar la oportunidad de hacer una película con Bronson Dane, pero tampoco quería alejarse de Raine de nuevo.

Tenía que haber una manera de compaginar ambas cosas. El destino no podía ser tan cruel con ellos como para haber propiciado su encuentro para luego separarlos de nuevo.

Ahora que estaba de nuevo en casa, pensó que su madre podría darle las respuestas a todas esas preguntas que Raine no había querido darle.

Su madre le dirigió una sonrisa cuando volvió con una bandeja de sándwiches y frutas.

–Gracias, cariño. ¿Qué tal están Abby y Raine?

–Muy bien –respondió él, sentándose a su lado en un sillón orejero–, pero no te andes por las ramas y pregunta directamente lo que quieras saber.

Elise se echó a reír y probó un par de uvas.

–Soy tu madre, Max, y la obligación de toda madre es interesarse por su hijo.

–Llamé al técnico que me recomendaste. Irá a instalarle una caldera nueva.

–¿Y te dejó ella que hicieras todo eso?

–No, pero lo hice de todos modos.

–Bien hecho, Max. Raine necesita a alguien que le ayude. Dios sabe que no puede contar con la presuntuosa de su madre... Por no hablar del padre.

–Ya. ¿Cuándo le nombraron alcalde de Lenox?

–Poco después de que tu padre y yo nos trasladáramos a Boston –respondió Elise, y luego añadió, mirando a su hijo a los ojos para ver su reacción–: Raine es una chica encantadora. Lamento no haberme dado cuenta antes.

–Raine sigue siendo la misma de siempre. ¿Qué te ha hecho cambiar de opinión?

–Nunca tuve ningún problema con ella, pero quería que hubiera paz en casa. Tu padre y tú os llevabais a matar y no quería que una chica fuera otro motivo más de discordia en la familia. No podía permitir que la familia se desmembrara por las hormonas de unos adolescentes.

–Yo la amaba, mamá, y me habría casado con ella si se hubiera ido conmigo a Los Ángeles.

–Ahora lo sé, hijo, pero entonces pensé que no estabais preparados para vivir juntos. Erais demasiados jóvenes. Tenías demasiadas fantasías. Igual que tu padre.

Max miró a su madre. Había bajado los ojos y le había desaparecido la sonrisa.

Él odiaba a su padre. Había sacrificado su familia y su vida personal por triunfar en los negocios. ¿Se daría cuenta de todo lo que se estaba perdiendo en la vida? ¿Acaso su cadena de restaurantes era más importante para él que su esposa, que se estaba recuperando de una operación de cáncer de mama? Él nunca sería como su padre.

–¿Cuándo crees que va a venir por aquí? –preguntó Max, imaginándose la respuesta.

–Está muy ocupado. Ya sabes cómo es...

–Sí, pero supongo que podría tomarse algún día libre.

Max no trató de insistir. No quería herir a su madre hablando de ello.

Se quedó pensativo, mientras su madre comía un poco de fruta. Había un par de preguntas que le roían por dentro. ¿Estaría su madre al tanto del proceso de adopción de Abby? Seguramente sí. Si Raine hubiera estado embarazada, ella lo habría sabido. No solo su madre, sino todo el pueblo. ¿Por qué entonces no quería decirle la verdad?

Aún había muchos obstáculos y temores que se interponían entre Raine y ella. Había que derribarlos. El problema era cómo.

Raine estaba esa mañana en el cuarto de trabajo, preparando la última cesta de pedidos, cuando sonó el timbre de la puerta. Echó un vistazo a

Abby. Estaba muy entretenida en el corralito con sus muñecos.

Bajó las escaleras para ver quién era el inesperado visitante. Se asomó a la ventana que había junto a la puerta y frunció el ceño al ver a un hombre con un mono de trabajo azul en la entrada. Abrió la puerta con precaución.

–¿Sí?

El hombre le tendió un papel sujeto con un clip a una tablilla.

–Buenos días, señora. He venido a instalar la nueva caldera.

–¿Perdón? ¿Una nueva caldera dice?

El hombre puso cara de sorpresa y entonces ella lo comprendió todo: Max.

A la mayoría de las mujeres se les llenaban los ojos de lágrimas cuando recibían flores. Ella, en cambio, estaba a punto de llorar por haber recibido una caldera.

–¡Ah, sí...! Pase, por favor. Está en ese cuarto.

El hombre echó un vistazo a la caldera vieja, regresó a la camioneta y volvió con un ayudante.

Raine comprendió que no pintaba nada allí, mirando cómo los dos hombres trabajaban, y subió al cuarto de trabajo. Agarró el teléfono móvil y tomó a Abby en brazos. Marcó el número de la casa de Elise.

–¿Me has comprado tú una caldera? –preguntó sin más preámbulos.

–Sí –respondió él con una sonrisa–. ¿Has tratado ya de echar de casa a los operarios?

–Lo pensé, pero luego comprendí que sería absurdo no aceptar un regalo tan útil.

–¡Vaya! Estás desconocida. La vieja Raine se habría peleado conmigo con uñas y dientes.

Ella sonrió para sus adentros y bajó de nuevo las escaleras.

–Ya no soy tan tonta como antes.

–Me dejas impresionado. ¿Querría la nueva Raine salir conmigo el día de San Valentín?

–Lo siento, Max. La nueva Raine tiene un bebé pero no tiene niñera.

–Eso no es problema. Me gustaría salir con las dos. Ya habrás oído lo mujeriego que soy.

–¿Y qué pasa con tu madre? ¿Se quedará una enfermera con ella esa noche?

–No hará falta. Al parecer, mi padre va a venir a casa a pasar el día con ella.

Raine entró en el cuarto de estar y dejó a Abby en la sillita.

–No lo dices muy convencido.

–Creo que él quiere venir. Lo que no está claro es si su trabajo se lo permitirá.

Raine miró a Abby. La niña seguía muy tranquila, a pesar del ruido que los operarios estaban armando.

Aún no se podía creer lo de la cita con Max. ¿A dónde les llevaría eso? ¿A la cama?

–No estoy segura, Max.

–No quiero presionarte, Raine, pero sé que lo pasaríamos bien juntos. ¿Qué me dices?

–¿Me dejas pensarlo?

–Tienes todo el día para ello –respondió él, sonriendo entre dientes.

–¿Qué haríamos si aceptase?

–Te lo diré cuando me digas que sí.

Raine sintió un escalofrío por todo el cuerpo. ¿Cómo podía negarse a salir con él? Para qué engañarse, necesitaba esa cita más que el aire para respirar.

–Si estás seguro de poder estar con Abby y conmigo a la vez...

–Perfecto. Me pasaré por tu casa mañana a las cinco. ¿Te parece bien?

–¿Adónde vamos a ir?

–No te preocupes por eso. No hace falta que te pongas de tiros largos. Deseo salir con la chica sencilla con la que he pasado tres días en su casa por culpa de la nieve.

–¿Hablas en serio? No sé si esa chica estará presentable para ir a un lugar público.

–Lo estarás, ya lo verás.

Cuando Raine colgó, se sintió intrigada de cuál podría ser el plan de Max. Parecía otro desde que había vuelto a la ciudad, pero por mucho que le agradase esa cita, sabía que tenían que proceder con cautela. Ninguno de los dos podía permitirse otro fracaso sentimental.

Max entró en el teatro Shakespeare y contempló su aspecto.

Al fondo, una gran cortina de terciopelo rojo

tapaba la embocadura del escenario. Todas las butacas de platea y los palcos estaban vacíos, pero esperaba que en unas semanas estuvieran a rebosar de público.

La obra tenía fines benéficos. Se necesitaba recaudar dinero para llevar a cabo las obras de restauración del teatro. Él ya había donado una buena suma. Había recibido el guion el día anterior y apenas había tenido tiempo de estudiarlo, pero sabía que tenía que interpretar el papel de un soldado romano, con su capa, su espada y su coraza. ¡Todo un numerito! Pero lo haría por el bien del teatro y por satisfacer a su madre. Peores papeles había tenido que interpretar a lo largo de su carrera.

Sintió algo especial mientras avanzaba por el pasillo del patio de butacas. Era la emoción de volver a hacer teatro. No había nada como el contacto directo con el público, los aplausos, las ovaciones con la gente puesta en pie…

Se dirigió al escenario donde había quedado con el director. Vio a un hombre mayor agachado en un rincón, mascullando algo acerca de unos cables. Sonrió y carraspeó un par de veces para llamar su atención.

–¡Oh! No sabía que estaba aquí –dijo el hombre, poniéndose de pie y tendiéndole la mano–. Es un honor para mí conocerle en persona, señor Ford.

–Llámeme Max –dijo él, estrechándole la mano.

–Yo soy Joe, el director. No sabes la alegría que me dio cuanto tu madre me dijo que aceptabas.

–Es un placer poder colaborar.

Joe se metió las manos en los bolsillos y comenzó a balancearse sobre los talones.

–¿Cómo está tu madre?

–Se está recuperando muy bien. Afortunadamente, atajaron el tumor a tiempo. El médico espera que se cure totalmente y sin necesidad de quimioterapia.

–Esa es una gran noticia. A todos nos encantaría verla otra vez por aquí. Siempre ha sido un gran defensora de la cultura.

Max señaló el lío de cables que había en el suelo.

–Veo que hay algunos problemas, ¿no?

–Sí, la instalación eléctrica está algo descuidada. No sé si podremos probar la iluminación.

–¿Es un problema de tiempo o de dinero?

–De ambas cosas –respondió Joe, volviendo a agacharse–. Necesitaríamos un electricista antes de poner en marcha esta producción...

–Pues contrata a uno. Yo cubriré los gastos. Ya verás lo rápido que se resuelve todo.

–¿Hablas en serio?

–Por supuesto... Y bien, ¿para qué querías verme hoy? ¿No me digas que piensas pasar el día de San Valentín trabajando?

–No –respondió Joe, sonriendo–. Mi esposa me mataría. Quería hablar contigo en persona antes de que llegaran los demás actores. ¿Qué te parece el guion? ¿Crees que necesita algún cambio?

–Es un guion excelente.

–No sabes el peso que me quitas de encima.

–Estoy encantado de volver a mis raíces. ¿Empezaremos los ensayos el lunes?

–Sí. Como protagonista de la obra, tendrás que asistir al ensayo general. Me temo que no vas a tener mucho tiempo para familiarizarte con el resto del elenco.

–Estoy ya acostumbrado –dijo Max, echando una ojeada al escenario–. Esto parece que sigue igual que cuando empecé aquí hace quince años.

–No ha cambiado mucho, no. En los diez años que llevo en el teatro, solo se ha cambiado el sistema de sonido y algunas pequeñas cosas.

Max miró el vestidor que había en una esquina del escenario. Servía para que los actores se cambiasen entre escenas cuando no había tiempo para hacerlo en los camerinos. Creyó ver a Raine y a él de jóvenes, entrando en el vestidor y cerrando la puerta. Se habían pasado muchas horas allí dentro besándose. Volvió de sus recuerdos al oír la voz de Joe.

–Patricia y tú debéis llegar temprano el lunes. Sois la pareja protagonista y he pensado que os gustaría ensayar algunas escenas los dos solos, sin el resto del grupo.

–Me parece una buena idea.

Max se despidió de Joe y salió del teatro.

Estaba deseando volver a ver a Raine. Y a Abby. Se montó en el coche. Las calles seguían con una capa de nieve de color blanco crudo. Era un paisaje de postal. Se dio cuenta de lo mucho que había echado de menos la ciudad. Recordó la de tormentas de nieve que había visto de adolescente, así como las veces que había faltado a clase para deslizarse en trineo por la nieve con Raine.

No sabía adónde podía ir a parar su relación, pero sabía que, cuando estaba con ella, tenía una sensación... de perfecto bienestar. No había otra manera de describirlo.

Raine no tenía mucha ropa donde elegir. Decidió ponerse unos pantalones vaqueros, unas botas negras altas y una blusa rosa escotada. Estaba bastante sexy, pero sin pasarse. Había tenido que pedir prestado un estuche de maquillaje para arreglarse un poco.

Max había llamado antes, bastante contrariado porque su padre no podía ir a casa por cuestiones de trabajo. Así que tendrían que cancelar la cita o pasar el día de San Valentín con su madre.

¿Podía llamarse a eso una cita? ¿Estar con Max, con Abby y con su madre?

Salió del cuarto de baño y sacó a Abby del corralito. La niña estaba adorable con sus pantalones rojos, su blusa roja y negra con corazones y sus botitas negras. Tenía también un gorrito negro con un lazo rojo a juego.

Acababa de bajar las escaleras cuando sonó el timbre.

Abrió la puerta y vio a Max con una planta.

–Siempre has sido impredecible –dijo ella con una sonrisa.

–¿Tiene eso algo de malo?

–¿Es albahaca?

–Pensé que te gustaría una planta aromática.

Raine lo miró fijamente. Estaba impresionante. Llevaba unos pantalones oscuros de vestir y una camisa azul cobalto, a juego con sus ojos.

–Eres encantador –dijo ella, dándole un beso en la mejilla.

¿Dónde habría conseguido aquella planta en esa época del año? Estaba emocionada. Él había pensado en ella y le había llevado algo más original que unas simples rosas.

–¿Estáis listas las dos?

–Antes tengo que ir al coche a sacar la silla de Abby.

–No hace falta. He comprado una y está ya instalada en el asiento de atrás.

Estaba en todo. Era el hombre perfecto. ¿Cómo podía ella siquiera pensar en darle su corazón de nuevo cuando se lo había roto en mil pedazos y aún no había conseguido recomponerlos?

–¿Todo bien? –preguntó Max, mirándola a los ojos.

–Sí –dijo ella sonriendo–. Cuando quieras.

Max le pasó una mano por la mejilla y le apartó el pelo suavemente hacia un lado.

–Estás deslumbrante, Raine. Lástima que no podamos quedarnos aquí.

–Tal vez sea mejor así.

–Embustera.

Ella lo miró a los ojos y sostuvo su mirada.

Lo que de verdad deseaba era que Max le dijese que iba a quedarse en Lenox para formar juntos una familia.

Pero ¿era tan ingenua como para pensar que él estaría dispuesto a renunciar a su vida en Los Ángeles para jugar a los papás y las mamás?

Trató de controlarse cuando entraron en el coche. Desear cosas imposibles era una pérdida de tiempo. Ella tenía otras preocupaciones en la vida, otras personas a las que amaba y que dependían de ella, como Abby.

Creía perder los nervios cada día que pasaba sin saber nada del proceso de adopción. Esperaba olvidarse de todo esa tarde, charlando con Max y Elise.

–Es preciosa.

Max vio cómo se le iluminaban los ojos a su madre mientras sostenía a Abby en los brazos. La niña le chupó la mejilla y Raine fue enseguida a por una toallita.

–Pásame a la niña, Elise. Ya va teniendo hambre –dijo Raine, empezando a prepararle el biberón.

–¿Te importaría que se lo diera yo ? –preguntó la madre de Max con una sonrisa.

–En absoluto.

Raine agitó el biberón y se lo dio a Elise junto

con un pañito rosa. Max vio cómo su madre acunaba a Abby, mientras la niña le agarraba la mano que sostenía el biberón. Solo por esa escena, valía la pena pasar el día de San Valentín en casa de su madre.

–¿Por qué no vais a dar un paseo por ahí mientras tanto? –dijo su madre–. Yo estoy aquí de maravilla con este angelito. No te necesito ahora, Max, y supongo que tendrás algo mejor que hacer que quedarte aquí mirando a tu vieja madre.

–No digas eso, mamá. Estoy encantado de estar con las tres mujeres más hermosas que conozco.

Max se acordó de su padre. Ni siquiera se había dignado a ir por casa el día de San Valentín. ¿Qué demonios podía ser más importante para él que su propia esposa?

–Se me ha ocurrido una idea –dijo Max–, ponte el abrigo, Raine.

Raine arqueó una ceja. Max se quedó mirándola, esperando que se pusiera a discutir con él, pero, para su sorpresa, se puso el abrigo y luego el gorro, la bufanda y los guantes.

Max se abrigó también y le contó a su madre al oído el plan que tenía. Elise sonrió a su hijo y le dijo que no se preocupara por volver pronto.

Max le agarró la mano a Raine y la llevó al garaje.

–¿Adónde vamos? –preguntó ella.

–Ya lo verás.

Max se dirigió a la pared del fondo, donde había dos trineos colgados.

–¿Estás de broma? –exclamó Raine al ver los trineos.

–En absoluto. No podemos dejar que toda esta nieve tan maravillosa se desperdicie. Vamos a divertirnos un poco. Hace años que no monto en un trineo.

–Yo tampoco –dijo ella con una sonrisa.

Detrás de la casa había una ladera con una buena pendiente, toda llena de nieve. A lo lejos se veía un lago. A Max siempre le había gustado esa casa. Se podía hacer allí de todo: deslizarse en trineo en el invierno y pescar en el verano.

–Bajaremos despacio las dos primeras veces para allanar la nieve –dijo Max–. Luego podremos deslizarnos ya más deprisa.

–De acuerdo.

Cuando subieron la ladera de la colina por tercera vez, estaban casi sin aliento.

–Parece que no estoy en tan buena forma como pensaba –dijo Max jadeando.

–Yo estoy exhausta. Y me siento pesada. Debe ser por todo lo que hemos comido.

–Vamos, no te quejes –dijo él, echándose a reír–. ¿Estás lista, campeona?

–Sí. A ver quién gana.

–A la de tres –dijo Max, colocando las manos a los lados del trineo para impulsarse–. ¡Uno... dos y... tres!

Los dos bajaron la colina nevada a toda velocidad. Casi ya al final de la pendiente Raine perdió el control del trineo y fue a chocar con Max. Los dos salieron volando, yendo a caer sobre un montículo de nieve. Se echaron a reír a carcajadas, a pesar de la nieve que tenían por el cuello.

–Eres la mujer más fabulosa que conozco –dijo Max mirándola a los ojos–. Me encanta oírte reír y hacerme a la idea de que soy la única persona que puede hacerte feliz.

–Sí, he sido muy feliz estos días que has estado conmigo.

Max pensó que cualquier cosa que dijese en ese momento podía estropearlo todo y prefirió besarla. Ella le devolvió el beso suavemente.

–A tu madre se la ve mejor cada día. Me alegro de haber estado juntos esta tarde.

–Yo también.

–Tu madre adora a Abby.

Max pensó que era el momento de sacar a colación el documento de adopción que había visto en su casa, pero entonces ella le metió una bola de nieve por la camisa.

–¡Raine! –gritó él echándose a reír mientras ella se ponía de pie y salía corriendo–. Me las vas a pagar. Será mejor que corras todo lo que puedas.

Hizo una buena bola de nieve con las manos y se la tiró a Raine a la espalda. Ella contraatacó lanzándole otra y echó a correr de nuevo. Max la persiguió entre risas, intercambiándose una nube de proyectiles de nieve, hasta que consiguió agarrarla por la cintura, levantándola en vilo por detrás.

Las risas de Raine resonaban en el aire del atardecer.

Max no recordaba cuándo se había sentido tan vivo, tan libre, tan enamo…

Raine se dio la vuelta. Max le apartó un mechón de pelo y clavó la mirada en ella. Vio que deseaba más. Deseaba todo aquello con lo que había soñado desde hacía años. Y él también, pero había que ir despacio. Su relación actual era muy frágil y había que cuidarla con mimo para que no se acabase rompiendo definitivamente.

–Eres tan especial, Raine –dijo él con la voz apagada–. Te gustaría Los Ángeles. Si vas allí alguna vez, me encantaría enseñarte la ciudad.

–Soy muy feliz aquí.

–Yo también. Más de lo que pensaba –replicó él, besándola apasionadamente–. ¿Qué te parece si entramos en casa y tomamos un poco de chocolate caliente?

Raine asintió con la cabeza.

–Max, cuando pienso en… No sé, es todo tan complicado…

–Lo sé, pero vamos a disfrutar de esto por ahora. Me he adentrado en un territorio desconocido para mí y necesito reflexionar.

–Ninguno de los dos había planeado esto, Max. A los dos nos ha pillado por sorpresa, pero debes saber que Abby es ahora lo más importante en mi vida. No puedo dejar que mi corazón vuelva a romperse en mil pedazos. Ahora no podría soportarlo.

–No dejaré que nadie te haga daño. Yo te cuidaré. Lo haré mejor que la otra vez, aunque si te soy sincero no sé cómo…

–Vamos a resolver esto juntos, Max. Pero ahora lo que necesito es ese chocolate caliente que me has prometido. Estoy helada. Casi no siento los pies.

Max la besó en la nariz y entró con ella en casa. No sabía cómo manejar sus sentimientos. Esperaba tener aclaradas todas sus dudas antes de marcharse a Los Ángeles.

Ahora lo único que sabía era que tenía la película de su vida esperándolo, una madre a la que tenía que atender y una exnovia que estaba empezando a adueñarse de su corazón.

# *Capítulo Ocho*

Raine llegó a casa agotada, con Abby en el portabebés.

Había estado toda la mañana entregando los pedidos de lociones y jabones a sus clientes y dejando algunas muestras en los centros comerciales. Lo único que quería era relajarse y que Abby durmiera la siesta.

Vio una nota en la puerta.

*Te espera una sorpresa dentro. Tuve que usar la llave de reserva. Tendrás que buscar otro sitio mejor donde esconderla.*

*M*

Metió la llave en la cerradura y abrió la puerta. Deseosa de ver la sorpresa de Max, dejó las cosas en el suelo y se fue con Abby en brazos a buscar por la casa. Miró en el cuarto de estar y luego en la cocina y en el recibidor. Pero nada.

Subió la escalera y miró en su sala de trabajo y en el cuarto de la niña sin ningún resultado. Cuando entró en su dormitorio se quedó perpleja al ver sobre la cama un precioso vestido azul de noche, había otra nota encima de él.

*He contratado una niñera. No te preocupes, es de confianza. Iré a las cinco a recogerte. Estate preparada. Esta noche será solo para ti, ni Abby, ni mi madre, ni el trabajo...*

*M*

Leyó la nota de nuevo. Esa noche era el estreno de la obra de teatro. ¿Pensaría llevarla allí? ¿Y su madre? ¿No iba a asistir a la función? ¿A quién habría contratado como niñera?

Sintió el teléfono móvil vibrando en el bolsillo. Dejó a Abby en el corralito, sacó el móvil y sonrió al ver el nombre que aparecía en la pantalla.

–Por lo que veo, estás empeñado en llevarme al teatro otra vez, ¿verdad?

–Soy implacable cuando me propongo algo –dijo Max–, y como me imagino que estarás preocupada por Abby, quiero que sepas que Sasha, la enfermera de mi madre, se quedará con ella.

Raine se sintió más tranquila al saberlo.

–¿Dónde conseguiste el vestido? –preguntó ella.

–Eso no importa. Encontrarás unos zapatos, algunas joyas y un estuche de maquillaje en el cuarto de baño. Quiero que no te falte de nada esta noche. Te sentarás en la primera fila, como entonces.

Raine tragó saliva, conteniendo las lágrimas.

–No me puedo creer que hayas hecho todo esto por mí.

–Llevo días planeándolo. Sabía que no aceptarías los regalos ni la entrada del teatro si te lo decía con antelación. Por eso he aplicado la política de hechos consumados.

–Eres muy astuto –dijo ella, entrando en el cuarto de baño y quedándose asombrada al ver lo que Max le había comprado–. Dios sabe lo que te ha debido costar todo esto. Debes estar loco.

–Solo deseo que vayas como una reina. Quiero que esta sea tu noche. Y hazte a la idea de que volveremos tarde.

Raine sintió un escalofrío al imaginar lo que eso podría suponer.

Después de colgar, entró en el cuarto de baño a recoger los zapatos y las joyas, y luego volvió a contemplar el vestido una vez más. El azul era su color favorito. Max no lo había olvidado. En realidad, no había olvidado una sola cosa de ella en todo el tiempo que había estado fuera.

Emocionada, abrió lentamente el estuche de terciopelo negro y se quedó deslumbrada al ver las joyas tan brillantes que había dentro.

Sin embargo, ella ya había decidido la que iba a llevar esa noche: el relicario.

Cuando el telón cayó al final de la representación Raine se levantó de su asiento de la primera fila.

–Loraine.

Volvió la cabeza. Solo había dos personas en el mundo que la llamaban así: sus padres.

Su madre llevaba un peinado impecable y un collar de perlas.

–Mamá, papá, no esperaba veros aquí.

–Siempre estamos allí donde haga falta apoyar la cultura –replicó su padre, alzando la voz para que todos los de alrededor lo oyeran.

–¿Estás sola? –preguntó su madre.

–He venido a ver a Max.

–Debéis de ser buenos amigos –dijo su padre–. Marshall me dijo que lo vio en tu casa el otro día.

Raine sintió que se ponía enferma al escuchar esas insinuaciones.

–Lo que yo haga con mi vida no es asunto vuestro. Siempre os habéis avergonzado de mí, por eso me quitasteis la ayuda económica y...

–No vamos a discutir eso aquí, Loraine –dijo su madre, algo incómoda por la situación.

–No quieres airear los trapos sucios, ¿verdad, mamá? ¿No será porque te sientes culpable de algo?

El padre de Raine levantó la mano en actitud conciliadora.

–Loraine, ¿por qué no dejamos esto y vas a casa con Abby este fin de semana?

–¿Para qué? Soy feliz con la vida que llevo. No necesito ni vuestra compasión ni vuestro dinero. Si no estuviéramos aquí, os diría lo despreciables y mezquinos que fuisteis conmigo. Ahora, disculpadme. Tengo que ir a los camerinos.

Raine se dio la vuelta, pero se quedó quieta y helada al oír a su madre.

–Él no era el hombre adecuado para ti hace quince años. Y sigue sin serlo, aunque por otras razones. Es solo un actor, Loraine. No nos pongas en evidencia persiguiendo a Max Ford.

Raine tenía varias respuestas posibles para su madre, pero eligió la que pensó que le molestaría más.

–No lo estoy persiguiendo, solo me estoy acostando con él.

Raine giró la cabeza y se marchó con una elegancia y una clase que su madre habría apreciado sinceramente en otras circunstancias.

Max estaba en su camerino. Tenía varios ramos de rosas en el tocador.

–El teatro a rebosar y toda la gente puesta en pie, ovacionándote y tirándote flores –dijo ella desde la puerta–. Yo diría que el estreno ha sido un éxito.

Max se acercó a ella y la estrechó en sus brazos.

–Verte en la primera fila ha sido lo más importante de la noche –dijo él muy emocionado, y luego añadió al ver el colgante que llevaba–: ¿Aún lo conservas… después de todos estos años?

–Significa mucho para mí.

Max tomó el relicario entre las manos, lo abrió y contempló la imagen que había dentro. Era una foto en la que aparecían ellos dos muy sonrientes. Estaba tomada en el parque en un día soleado, aunque el relicario era tan pequeño que solo se les veía las caras.

–Éramos tan jóvenes…

–Nada de nostalgias –replicó ella, dándole un beso–. Ocupémonos del presente.

Él asintió con la cabeza y cerró el relicario.

–Estás impresionante esta noche.

–Tú también estás muy guapo, maquillado y con los ojos pintados –dijo ella, bromeando–. Eres el gladiador más sexy que he visto nunca. Tal vez podrías ponerte este conjunto alguna vez para mí –dijo ella sin dejar de reír.

Max le dio un pequeño mordisco en el cuello.

–Ya lo llevo puesto ahora.

–Modérate un poco, Max. Estamos en tu camerino. Hay toda una multitud detrás de esa puerta esperándote. Y la prensa debe estar al acecho para acribillarte a fotos.

–En primer lugar, la prensa creo que ya tiene suficientes fotos mías. En segundo lugar, la puerta tiene una cerradura. Y en tercer lugar, estás tan increíblemente sexy con ese vestido que no sé si podré esperar a que lleguemos a casa.

–¿De qué casa estás hablando? –preguntó ella, sonriendo.

–Bien, te diré cuál es la situación: mi madre está en mi casa y la niñera en la tuya –dijo Max, bajándole lentamente la cremallera del vestido hasta que cayó justo a la altura de sus pechos–. ¿Has hecho el amor alguna vez en un camerino?

–Sí –respondió ella, sacando los brazos por las mangas–, contigo, hace quince años.

–Pues creo que ya es hora de que repitamos. Un bis, que se dice en el teatro.

Raine dio un paso atrás y dejó que el vestido le cayese hasta los pies. Max contempló extasiado su cuerpo y ella sintió un escalofrío al ver su mirada de deseo.

Max se acercó a ella, le puso las manos en la cintura, la apretó contra su pecho y la besó en la boca apasionadamente. Sus manos parecían omnipresentes en todas las partes de su cuerpo, acariciándole la espalda, alisándole el pelo, bajándole las bragas...

Raine miró el atuendo de gladiador romano que llevaba puesto y se quedó pensativa, sin saber cómo podía quitárselo. Él resolvió el problema fácilmente, soltando un par de lazos. Luego se quitó los calzoncillos y la agarró por las caderas, levantándola en vilo. Ella le envolvió instintivamente las piernas alrededor de la cintura.

Con la espalda contra la pared, Raine vio cómo Max le quitaba fácilmente el sujetador sin tirantes. Ella se arqueó entonces para permitirle acceder mejor a lo que él deseaba. Luego se echó a reír cuando él casi le arrancó las bragas.

–Tenías razón. Parece que tienes mucha prisa.

Max entró dentro de ella con un solo empuje enérgico y viril.

–No lo sabes tú bien –susurró él junto a su boca–. Te deseo tanto...

Raine se dejó llevar. Quería olvidarse de las preocupaciones, solo deseaba estar con Max.

Él la besó en la boca mientras proseguía sus empujes cada vez más poderosos y profundos.

Raine comenzó a sentir una oleada de placer recorriéndole todo el cuerpo. Le envolvió el cuello con los brazos y se apretó contra su pecho desnudo.

Max hundió la cabeza en el hueco de su hombro. A ella se le puso la carne de gallina al sentir su aliento cálido en el cuello y en el hombro.

Los dos llegaron casi al unísono al clímax.

–Te tengo otra sorpresa reservada –dijo él muy sonriente, apartando un poco la cabeza.

–Aún no estoy preparada para el bis –respondió ella, echándose a reír.

–No es eso. He organizado una cena.

–¿Dónde?

–Aquí.

–¿Aquí? ¿En el teatro?

–Sí. Quería que esta noche fuera algo especial. Antes de que empieces a preocuparte, te diré que he pagado un extra a Sasha para que se quede con Abby todo el tiempo que haga falta.

Max estaba en todo. Había hecho todo lo posible por complacerla.

Pero ya era hora de que hablaran claro y se abriesen el corazón el uno al otro.

Él no sabía aún la verdad sobre el bebé que había perdido.

Esa noche tampoco era el momento de decírselo. Además, ¿no habían prometido enterrar el pasado?

Y necesitaba decirle también que estaba en medio de un proceso de adopción.

Intuía que, de una manera o de otra, sus vidas iban a cambiar esa noche para siempre.

Max la encontraba algo rara. Habían hecho el amor de forma apasionada, pero presentía que algo debía haberle pasado en el teatro e imaginaba que sus padres debían tener mucho que ver en ello.

Le pasó la mano por la espalda y la llevó al escenario.

–Me estás acostumbrando mal –dijo ella–. Un vestido maravilloso, una obra de teatro y ahora una cena en el escenario.

–Y no te olvides del vestidor –replicó él con una sonrisa.

–Ese es un lugar que nunca olvidaré.

A un lado del escenario había una mesa redonda que había formado parte del *atrezzo* de la obra. Tenía un mantel blanco, una vela encendida, un juego de platos de porcelana y una rosa roja. Las sillas estaban tapizadas.

Max no había olvidado un solo detalle romántico.

–Te has tomado muchas molestias por mí esta noche.

–No ha sido nada –respondió él mientras le sujetaba la silla para que se sentara–. Llamé al servicio de catering McCormick´s y le pedí que trajera algunas cosas y montara todo esto. En realidad, todo mi trabajo ha sido hacer un par de llamadas.

Raine se volvió, puso las manos sobre sus hombros y le dio un beso en la mejilla.

–Has hecho mucho más que eso, Max. Estoy pasando una noche inolvidable a tu lado.

Antes de que se sentara, Max la agarró por los hombros y la besó en los labios dulcemente.

–Tú te mereces esto y mucho más. Solo necesitas a alguien que te lo recuerde de vez en cuando.

Raine lo miró fijamente y él se dejó perder en la profundidad de sus hermosos ojos verde esmeralda.

–Me encontré con mis padres al acabar la función, pero aún tengo que hablar con ellos en serio. Aunque no sé cómo decírselo. Me lo robaron todo en la vida. Pero se defenderán, justificando lo que hicieron.

–No dejaremos que se salgan con la suya de nuevo –replicó él, besándola en la frente.

Ella lo miró con el corazón en los ojos. Max sintió una oleada de emoción indescriptible. Había pasado mucho tiempo, pero sus sentimientos eran ahora más fuertes que cuando tenían dieciocho años. Sin embargo, su futuro parecía aún incierto.

Suspiró hondo, le tomó la mano a Raine y la ayudó a sentarse. Luego se sentó frente a ella.

Vio a Raine mirando al plato con desgana.

–¿No te gusta el menú que he elegido?

Ella negó con la cabeza y levantó la mirada.

–El menú está muy bien, pero creo que hemos llegado a un punto en el que tengo que decirte toda la verdad sobre Abby.

Él ya sabía lo que iba a decirle, pero pensó que sería mejor hacer como si no lo supiera.

–Me has preguntado un par de veces por el padre de Abby –dijo Raine–. Pues bien, él no tiene nada que ver en esta historia... Yo no soy su madre biológica. La madre de Abby es Jill.

–¿Estás adoptando al bebé de Jill? –preguntó él, agarrándole las manos.

Raine asintió con la cabeza.

–Ella no está en condiciones de cuidar a un bebé en estos momentos. Al principio, tuvo la idea de abortar, pero, después de hablar conmigo, se dio cuenta de que la adopción era la mejor solución. Sabes que siempre he querido tener una familia.

–Lo sé, Raine. Tú eres la madre de Abby a todos los efectos, igual que Elise es la mía.

–Sabía que lo comprenderías. Dudé en decírtelo porque tenía que esperar a ver...

–No tienes que darme explicaciones. La adopción de Abby es algo que te honra.

–En realidad, no es mía legalmente, todavía. Mi abogado no entiende cuál puede ser la causa de que la resolución se esté demorando tanto. He pasado todas las pruebas de los servicios sociales y las entrevistas.

–Me alegro de que me lo hayas contado, Raine. Y me alegro de que vayas a ver tu sueño de ser madre hecho realidad. Esto hay que celebrarlo –dijo Max, alzando su copa de vino–. ¡Por Abby y la nueva vida que se abre ante nosotros! No sabemos lo que el futuro puede depararnos, pero ahora estamos aquí felices y quiero que recuerdes esta noche toda la vida.

Raine chocó su copa con la de Max.

–Nunca olvidaré tu vuelta a Lenox, Max. Estas han sido las mejores semanas de mi vida.

Max apuró su copa de vino. Hollywood le estaba esperando, pero un futuro inesperado se abría ante él. Sin embargo, tenía el presentimiento de que alguien podría salir inevitablemente herido. De nuevo.

# *Capítulo Nueve*

Raine llegó esa mañana a la casa de sus padres y entró sin llamar.

Era la casa de su infancia, pero le pareció ahora más bien un museo. Se respiraba un ambiente frío.

Sintió un escalofrío al oír el sonido de sus botas sobre el mármol del vestíbulo. Al acercarse al despacho de su padre, escuchó otra voz masculina que le resultó familiar. Entró en la sala. Un gran ventanal ocupaba una de las paredes, desde el suelo hasta el techo. Hacía un día claro y soleado, aunque amenazaba con ponerse gris.

–Necesito hablar contigo –dijo ella, interrumpiendo a su padre.

Marshall se giró en el sillón de cuero en el que estaba sentado para saludarla.

–Raine... Te veo hoy muy... natural.

Raine sonrió. Sabía muy bien que se estaba refiriendo con ironía a su atuendo de granjera.

–Así es como voy todos los días. Ahora, si me disculpas, tengo que hablar con mi padre.

–Loraine –exclamó su padre, levantándose de la mesa–. ¿No puedes esperar a que termine esta reunión?

–¡Oh! Creo que ya ha terminado. ¿Puedes avisar a mamá? Necesito que esté aquí también.

Su padre hizo un gesto de resignación con la cabeza.

–Lo siento, Marshall. Te llamaré esta tarde.

Marshall se levantó también del sillón y se acercó a Raine.

–¿Te gustaría llamarme luego para charlar un rato?

–Marshall –dijo ella, poniéndole una mano en el brazo–, eres muy amable, pero no sé ya cómo decirte que no estoy interesada en ti. Salimos juntos una vez. Eso fue todo. Al menos para mí.

Marshall se puso rojo como un tomate.

–No se puede culpar a un hombre por intentar salir con una chica que le gusta.

No, pero sí por estar a todas horas bailándole el agua a su padre, el alcalde. Aunque lo que Marshall hiciera o dejara de hacer era lo que menos le preocupaba en ese instante.

Cuando Marshall salió del despacho, el padre de Raine habló unas palabras por el interfono de la casa.

Poco después, la madre de Raine entró en la sala con su solemnidad y prosopopeya habituales, con perlas y todo. Un entrada de película.

–¡Qué agradable sorpresa! –exclamó la madre, pasando revista a su hija con un gesto de desaprobación–. ¡Por el amor de Dios, Raine! ¿No podías haberte arreglado un poco para venir a vernos?

–Me he duchado y llevo la ropa interior limpia

–respondió ella con una sonrisa–. Pero no he venido a oír tus ironías e insultos ni a ver tus aires de superioridad.

–Loraine, ya es suficiente –dijo su padre–. No sé por que estarás de mal humor, pero nosotros no nos merecemos esto.

Raine sonrió y se dejó caer en el sofá de cuero que había en un lado de la sala. Apoyó las botas sobre un puf y miró a su padre.

–Os asombraríais si os dijera lo que de verdad os merecéis por todo lo que me habéis hecho.

Su madre dejó escapar un suspiro dramático, sello de la casa.

–¡Por amor de Dios, Loraine! No tengo tiempo para adivinanzas. Si tienes algo que decirnos, dínoslo. Tengo que disponer el almuerzo.

–¡Oh, sí! Tus sándwiches de pepino y tus preciosos servicios de té están antes que tu familia.

Su padre se dirigió a ella. Pero, antes de que pudiera abrir la boca, Raine alzó la mano.

–No. Por una vez, seré yo la que hable. Y os recomiendo que os sentéis, porque esto puede ir para largo.

Sus padres intercambiaron unas miradas de preocupación y se sentaron en los sillones orejeros que hacían juego con el sofá en el que Raine estaba sentada.

–Es evidente que estás enfadada –dijo su padre–. Nunca te había visto así.

–Sí, en eso tienes razón. Pero os daré la oportunidad de decirme la verdad sobre lo que pasó cuando Max se marchó a Los Ángeles. Creo que es más de lo que os merecéis.

–Hicimos lo que pensamos que era mejor –dijo su madre muy altiva–. Eras demasiado joven para complicarte la vida.

Raine se levantó del sofá como impulsada por un resorte y se acercó a sus padres.

–¿Cuántas veces me llamó Max por teléfono, mamá? ¿No es cierto que llamó para que me reuniera con él casi al día siguiente de marcharse?

–No lo recuerdo, Loraine. Fue hace tanto tiempo que casi lo he olvidado.

Raine miró a su madre fijamente. Las lágrimas le quemaban la garganta.

–Déjame ver si lo entiendo. ¿Me estás diciendo que has olvidado el asunto como si se tratara de un viaje a la tienda de comestibles? Se trataba de mi vida, mamá, y tú la destruiste. ¿No te preocupaba verme llorando todas las noches? ¿No te preocupaba ver mi angustia cuando descubrí que estaba embarazada? ¿No se te ocurrió nunca la idea de decirme la verdad?

–No.

La respuesta rápida de su padre la dejó perpleja. ¿Quiénes eran esas dos personas que tenía en frente? Nunca la habían apoyado en nada, pero no sabía que fueran tan crueles y despiadadas.

–No es que ya importe mucho, pero me gustaría saber por qué me hicisteis una cosa así.

–Porque Max estaba persiguiendo un sueño y las posibilidades de que lo consiguiera eran muy escasas –dijo su padre–. Nosotros queríamos algo mejor para ti. ¿No lo entiendes?

Raine se echó a reír, aunque estaba a punto de llorar.

–Lo que entiendo es que tratasteis de controlar mi vida. Pensasteis que dejándome sin dinero conseguirías doblegarme. Pues bien, siento deciros que me importa un bledo vuestro maldito dinero y las estúpidas expectativas que os forjasteis sobre mí.

–Serénate, hija. Cuando Abby sea mayor, lo comprenderás –dijo su madre–. Querrás también lo mejor para ella.

–Sí –replicó Raine–, pero dejaré que tome sus propias decisiones sin interponerme nunca en el camino de sus sueños. Tal vez, si me hubierais querido un poco, os habríais alegrado de ver a vuestra hija feliz y enamorada.

–Tú no estabas enamorada, Raine –intervino su padre–. Lo que había entre vosotros era solo sexo.

–No es verdad. Nos entendíamos muy bien –replicó Raine–. Confiábamos el uno en el otro.

–Él te dejó embarazada, Loraine –dijo su madre, poniéndose de pie–. Y se marchó, dejando que te degradaras a ti misma.

–¿Cómo te atreves? –exclamó Raine–. Max no sabía nada, si no, te aseguro que habría vuelto enseguida.

Su padre se levantó también, suspirando y negando con la cabeza.

–¿Crees, de verdad, que Max Ford habría renunciado a su sueño de vivir en Los Ángeles y convertirse en un actor famoso solo para estar contigo jugando a papás y mamás?

Raine apretó los dientes y miró a su padre con los ojos entornados.

–Sí. Me amaba. Él mejor que nadie sabe las consecuencias de un hogar roto y sin amor.

–Eres una ingenua si crees que ha vuelto ahora por ti. Él ha venido solo por su madre y luego se irá de nuevo. No te busques más quebraderos de cabeza, Loraine. Bastantes tienes ya con Abby.

–Sé cómo criar a mi hija.

–Abby no es tuya, cariño –dijo su madre en voz baja, como si con ello paliara el daño que estaba haciendo con sus palabras.

–Será completamente mía en cuanto el juez firme la resolución.

Raine sabía que esa conversación no iba a conducir a ninguna parte. Sus padres seguirían diciendo que habían hecho lo mejor para ella. ¿Esperaba acaso que le hubieran pedido perdón?

Ahora sabía con certeza que solo les preocupaba su imagen. No habían querido que su estatus social pudiera verse empeñado por una hija soltera, embarazada y sin novio a la vista.

–Ahora que sé la verdad, no creo que volváis a verme mucho de aquí en adelante.

–Comprendo que estés enfadada –dijo su padre con los brazos extendidos hacia ella–, pero no digas cosas que no sientes y de las que luego tengas que arrepentirte.

Raine dio un paso atrás, rechazando en silencio los brazos de su padre.

–Me reafirmo en todo lo que he dicho. No volveré a pisar esta casa. Podéis guardaros ese maldito dinero del que lleváis tantos años hablándome. Está claro que tenemos formas muy diferentes de ver la vida. Yo aspiro a ayudar a la gente y a contribuir a hacer un poco mejor el mundo que me rodea. No quiero hipócritas a mi lado.

Raine pasó junto a sus padres y se dirigió a la puerta. Pero, antes de salir, se volvió hacia ellos.

–No volveré a veros, a menos que decidáis amar a vuestra hija por sí misma y no por lo que vuestras amistades puedan pensar de ella. Y, por favor, dejad de enviarme a Marshall a casa.

Max se compadeció de sí mismo. Estaba lleno de babas y vómitos, y olía a polvos de talco.

Acababa de cambiar los pañales a Abby. Había hecho lo que había podido.

¿Cómo podía ser eso tan complicado? ¿Cuántas toallitas se necesitaban para limpiar el culito a un bebé sin mancharse? ¿Sería necesario usar un traje especial para cambiar a la niña? Las sustancias que había visto en el pañal tenían todo el aspecto de ser tóxicas.

Dejó a Abby en la cuna para que durmiera la siesta y se puso a pensar cómo le iría a Raine con sus padres. La niña soltó entonces un gemido que le asustó.

Se asomó al borde de la cuna y vio que Abby tenía la cara roja y le temblaba la barbilla.

–Muy bien, señorita –dijo él, tomándola en brazos nuevamente–, veo que te has dado cuenta de que soy un novato y que puedes aprovecharte de mí mientras tu mamá esté fuera, ¿verdad?

La niña dejó de quejarse al instante. Max sonrió y le dio unas palmaditas en la espalda. Abby apoyó la cabecita sobre su pecho y dejó escapar un profundo suspiro.

Max se quedó mirándola. Sí, los niños lloraban, se despertaban por la noche y había que estar cambiándolos y dándoles biberones a todas horas, pero estaba empezando a sentir algo especial. Era el deseo y el sentimiento de tener una familia propia.

Se sentó en la mecedora que había en la esquina de la habitación junto a la ventana. Lucía el sol esa mañana. Se balanceó mientras acunaba a Abby en los brazos. La niña cerró los ojos, se chupó el puño unos segundos y luego se quedó dormida.

Se dio cuenta de que amaba a la niña. Ella representaba lo que él deseaba… lo que había deseado años atrás con Raine: una familia.

Se había enterado, ya de mayor, de que era un niño adoptado. Su madre siempre le había querido mucho. En cuanto a su padre, si se había preocupado por él, había tenido una forma muy rara de demostrárselo. Max se había prometido que, si alguna vez llegaba a ser padre, le diría a su hijo todos los días lo mucho que lo amaba.

Notó el teléfono móvil vibrar en el bolsillo. Miró la pantalla. Era el número de Bronson Dane. No podía hablar con él en ese momento. Estaba demasiado confuso para ultimar los detalles de su acuerdo.

Si alguien le hubiera dicho hace meses que iba a dejar sin contestar una llamada del mayor magnate de Hollywood, lo habría tomando por loco.

Bronson le dejaría probablemente un mensaje y él lo llamaría luego cuando estuviese preparado.

Ya no podía negar que estaba completamente enamorado de Raine. Tal vez nunca había dejado de estarlo. Pero se preguntaba cómo podría cumplir su deseo de tener una familia sin renunciar a su carrera cinematográfica.

Era consciente de que no podía estar en dos sitios a la vez. El corazón de Raine estaba allí en Lenox, en la antigua casa de su abuela, con esa jauría de gallinas y cabras que le picoteaban a uno en el trasero cuando entraba en el granero. La casa estaba bastante vieja y necesitaba muchas reformas, aunque Raine nunca había necesitado grandes lujos para vivir.

Esa reflexión le hizo sentirse culpable por estar buscando la felicidad y la fama en Hollywood en lugar de contentarse con todo lo que tenía allí a su alcance.

Mirando hacia atrás, se daba cuenta de que lo había tenido todo a los dieciocho años. El dinero no daba la felicidad. Lo sabía por experiencia propia. Él había sido muy desgraciado durante los últimos quince años.

En cambio, ahora que estaba viviendo en Lenox en la casa donde se había criado y, en ocasiones, en otra mucho más humilde, se sentía libre y feliz.

Se le presentaba una gran disyuntiva: seguir los dictados de su corazón o permanecer fiel a sus sueños.

Pero la pregunta clave era: ¿cuál de esos sueños debía seguir?

Iba a dejar a Abby de nuevo en la cuna cuando sonó el timbre de la puerta.

–¿Quién demonios podrá ser? –se preguntó él, dirigiéndose a la escalera.

Sostuvo a la niña contra su pecho mientras abría la puerta.

–Maxwell –dijo su padre con una amplia sonrisa.

Max miró a su padre mientras Thomas Ford miraba al bebé que su hijo tenía en los brazos.

–Papá, me sorprende verte por aquí. ¿Hay alguna razón especial para tu visita?

–Me pasé por casa y tu madre me dijo que estabas aquí, así que se me ocurrió venir a verte.

–¿No crees que mamá necesita que estés a su lado para cuidarla?

La falta de atención que había tenido con su madre no había hecho más que agravar su enemistad.

Entró en el cuarto de estar, sin preocuparse de si su padre le seguía o no.

–No te he visto desde hace más un año –dijo Thomas, entrando con Max en el cuarto–. Pensé que te alegrarías de verme.

Max colocó a Abby en la sillita y se volvió hacia su padre.

–Y yo pensé que estarías al lado de mamá durante su recuperación, pero veo que ni siquiera una operación de cáncer es capaz de alterar tus prioridades.

Thomas se sentó en el sofá de flores y cruzó una pierna sobre la otra.

–No he venido aquí a discutir. Solo quería ver a mi hijo. Tu madre me dijo que no sabía cuándo llegarías.

–Me quedaré aquí hasta que Raine vuelva.

–Umm, no sabía que estuvierais tan… unidos… Bien, he venido porque…

Abby comenzó a quejarse y Max, sin importarle lo que su padre fuera a decirle, se dio la vuelta, tomó a la niña en brazos y se dirigió a la cocina.

Afortunadamente, Raine había dejado dos biberones en el frigorífico. Le había dicho que no necesitaba calentarlos.

Max sacó un biberón, le quitó el tapón con una sola mano y puso la tetina en la boca de Abby, que comenzó a succionar la leche con avidez.

–Se te ve muy suelto en esta casa –dijo Thomas desde el umbral de la puerta–. Tu madre se pregunta si estás pensando quedarte en la ciudad.

–No, tengo que empezar a rodar una película al final del mes que viene.

–Tenía la esperanza de poder hablar contigo sobre los planes que tienes para el futuro.

Max miró a su padre. Tenía canas en la sienes y arrugas en la cara. Había envejecido. Pero lo único que seguía preocupándole en la vida era su cadena de restaurantes.

–¿Qué quieres saber de mis planes? –preguntó Max.

–Sé que no deseas hacerte cargo de la cadena de restaurantes, pero podías considerar, al menos, la posibilidad de asumir la propiedad del negocio aunque solo fuera de forma nominal. No pienso retirarme por el momento, pero me gustaría frenar un poco el ritmo de trabajo.

Max se quedó sorprendido. Eso era lo último que hubiera pensado escuchar de su padre.

–¿Por qué ahora?

–Empecé a replantearme la vida cuando le diagnosticaron el cáncer a tu madre. Sé que no he sido el mejor marido del mundo y tampoco el mejor padre. Por desgracia, ya no puedo volver atrás, pero puedo hacer las cosas mejor a partir de ahora. Y quiero empezar cuanto antes. Deseo dedicarme por entero a tu madre y pasar más tiempo contigo, si tú me dejas.

Max se apoyó en la encimera, conmovido por las emotivas palabras de su padre. Le estaba ofreciendo la reconciliación. No podía rechazarla.

–Esto sí que es una sorpresa. ¿Tengo unos días para pensarlo o necesitas una respuesta ahora?

Max vio a su padre sonreír por primera vez.

–Tómate tu tiempo. Solo quiero que seamos la familia que siempre deberíamos haber sido.

Abby se iba quedando dormida. Apartó los labios del biberón y la leche le corrió por la mejilla regordeta. Max dejó la botella sobre la mesa y le limpió la cara con la yema del pulgar.

Tenía el corazón en la garganta. Si su padre le había abierto sus sentimientos, él debía hacer otro tanto. Tenía algunas preguntas y él era la única persona que podía responderlas.

–¿Por qué me adoptasteis? Sé que mamá no podía tener hijos, pero tú fuiste siempre tan distante conmigo...

Thomas se sentó en una silla de la cocina y se pasó la mano por las sienes plateadas.

–Yo no quería tener hijos. No estaba seguro de ser un buen padre. Toda mi preocupación era abrirme paso en la vida, hacerme un nombre y ganar dinero para que a tu madre no le faltase de nada. Quería ofrecerle una vida mejor que la que había llevado con su familia. Sabía que ella quería tener un hijo. Yo estaba casi siempre fuera y pensé que un niño podría llenar el vacío de mi ausencia.

Max se puso a Abby sobre un hombros y le dio unas palmaditas para que echara los gases. Raine le había dicho que si no eructaba podría venirle el reflujo de la leche. Había tantas cosas que había que saber sobre los bebés... Pero él iba aprendiéndolas con rapidez y estaba empezando a disfrutar de su nueva faceta paternal.

La puerta de la calle se abrió y Raine apareció

unos segundos después en la puerta de la cocina. Miró a Max y luego a su padre.

–Lo siento... No sabía que estuvierais aquí –dijo ella, acercándose a Max–. Déjame a Abby, la llevaré a acostar. Así podréis hablar tranquilamente.

–No hace falta que te vayas –dijo Thomas levantándose de la silla–. Tengo que volver con Elise.

Max miró a Raine y esbozó una sonrisa.

–Volveré a casa en seguida, papá.

Thomas asintió con la cabeza.

–Me alegro de volver a verte, Loraine. Tienes una niña preciosa.

–Gracias –replicó ella–. Espero no haber interrumpido nada.

–Ya le había dicho a Maxwell lo que había venido a decirle. Además, lo veré en casa más tarde. Que disfrutéis.

Raine vio salir al padre de Max de la cocina y esperó a que la puerta de la calle se cerrara.

–¿Qué ha pasado? –preguntó ella con la niña en brazos.

–Nada. Solo que mi padre quiere ser ahora mi padre.

Raine lo miró sorprendida con las cejas arqueadas.

–Eso es... maravilloso. ¿Por qué no estás saltando de alegría?

–Porque me ha puesto en una disyuntiva que me obliga a tomar una decisión muy importante.

–¿Quieres hablar conmigo de ello?

–En este momento, no. Prefiero que me cuentes cómo te han ido las cosas con tus padres.

–Déjame acostarla antes –dijo ella suspirando.

Max subió con Raine las escaleras y esperó en la puerta del cuarto de Abby, mientras ella acostaba al bebé.

Cuando salió, entornó la puerta y le hizo una seña para que la siguiera al dormitorio.

–No lo han negado. Trataron de defenderse diciendo que todo lo hicieron por mi bien y que yo haría lo mismo por Abby.

Max sintió que le subía la tensión.

–¿Cómo pueden justificar así una crueldad semejante?

–No tengo ni idea. Solo quiero pasar página. No puedo guardarles rencor eternamente.

Max se acercó a ella y la rodeó con los brazos.

–Lo siento mucho, Raine. Me gustaría poder hacer retroceder el tiempo para que las cosas hubieran sido distintas, pero eso no es posible.

Raine puso los brazos alrededor de su cintura, encajando la cabeza bajo su barbilla.

Max estaba desconcertado. Tenía un proyecto muy importante esperándolo, pero solo podía pensar en lo que tenía en ese momento.

¿Sería posible tener ambas cosas? ¿Estaría Raine dispuesta a renunciar a su vida en Lenox, llevándose a Abby y dejando aquella granja que tanto significaba para ella?

–Representas tanto para mí, Raine…

–No pareces muy feliz diciéndolo.

–No esperaba volver a entrar en tu vida tan fácilmente. Ni esperaba sentirme tan unido a Abby.

–¿Y por qué te molesta eso?

–Porque no puedo quedarme. He disfrutado contigo cada minuto en esta casa, pero tengo que volver a Los Ángeles. Allí tengo mi vida y mis responsabilidades profesionales.

Raine apartó los brazos de él. No supo decir si el vacío que se abrió entre ellos era más o menos angustioso que el muro que habían levantado a lo largo de esos años.

–Suponía que te marcharías –dijo ella en voz baja–. Sabía que Lenox no era para ti.

–Ayer por la noche, viéndote en la primera fila del teatro, sentí una oleada de emociones. Deseé volver a la época en que tú te sentabas allí a verme actuar. Ya entonces, te encantaba esta granja y no podía pedirte que renunciaras a ella por mí. Pero ahora somos otras personas diferentes.

–Lo sé –dijo ella, sin poder evitar que dos torrentes de lágrimas corrieran por sus mejillas–. No puedo estar enfadada contigo después de los días tan maravillosos que hemos pasado juntos.

–Raine…

–No –replicó ella–. No te disculpes por ser quien eres. Vives en Los Ángeles, haces unas películas increíbles y vives tu sueño. Ahora estás a punto de subir un escalón. Sería una egoísta si te pidiera que te quedaras. Me arrepentiría después.

–No sabes cómo me gustaría que las cosas pudieran volver a ser como antes.

–A mí también… pero quiero que seas feliz y sé que tú deseas también que yo lo sea.

–Es lo que más deseo en el mundo –dijo Max limpiándole las mejillas con las yemas de los pulgares y besándola en los labios–. Déjame hacerte el amor, Raine. Quiero hacer el amor contigo todo el tiempo posible mientras estemos juntos.

Ella se abrazó a Max, consciente del poco tiempo que les quedaba. Sabía que cuando se marchara, se sentiría aún mas desolada que la primera vez.

# *Capítulo Diez*

–¡Enhorabuena, Noah! –dijo Max–. Me alegro mucho por Callie y por ti.

–Prométeme que asistirás a nuestra boda.

La voz de Noah Foster resonó por los altavoces del coche de Max, conectados a su teléfono móvil. Su mejor amigo había fijado finalmente la fecha de su boda.

–Te prometo que no faltaré –replicó Max–. He hablado hoy con Bronson a primera hora y me ha dicho que confían en que la producción dé comienzo muy pronto.

–¿No te ibas a quedar con tu madre hasta finales de abril?

Max tomó una desviación a la derecha, en dirección a la casa de los padres de Raine.

–Mi madre se está recuperando muy bien. Además, mi padre se ha tomado unos días de vacaciones para poder llevarla a las sesiones de radioterapia.

–¡Qué me dices! Eso es fantástico.

–Ha debido tener alguna revelación interior que lo ha hecho cambiar.

–Tal vez lo de tu madre le haya abierto los ojos –dijo Noah–. Lástima que haya tenido que ser así, pero al menos ya está con vosotros.

–Va a ir incluso a verme esta noche al teatro –dijo Max, henchido de orgullo.

–Eso es estupendo, Max… Pero aún no me has hablado de Raine. ¿Va todo bien?

–Es una larga historia. Ya te contaré. Los padres de Raine tuvieron la culpa de nuestra ruptura. Precisamente, me dirijo ahora a su casa para hablar con ellos.

–No vayas, Max –dijo Noah–. No sé lo que averiguaste, pero hacer algo cuando uno está fuera de sí no suele ser nunca una buena idea. ¿Sabe Raine lo que vas a hacer?

Max vio en ese instante la casa de los padres de Raine, erigida en lo alto de una pequeña colina, rodeada ahora de nieve virgen.

–No –respondió Max–, pero no podía marcharme de Lenox sin decirles un par de cosas. Le han hecho mucho daño y no puedo tolerar que sigan pensando que lo hicieron todo por su bien.

–Veo que sigues enamorado de ella. Se te nota en la voz. Nunca ha habido otra mujer para ti.

Noah tenía razón. Raine era la mujer de su vida, pero no podía pedirle que renunciara a todo por él. Tal vez fuera mejor dejar las cosas como estaban. A veces las personas no estaban destinados a estar juntas, ni siquiera aunque se amasen.

Detuvo el vehículo frente a la entrada de la casa y se despidió de su amigo Noah. Se puso el abrigo al salir del coche. Hacía un viento que cortaba. Tocó el timbre de la puerta y esperó. Pensó en lo que debía decir.

Una joven, vestida de negro abrió la puerta. La mujer puso los ojos como platos al reconocerlo. Pero él no se inmutó. No había ido allí a presumir de su celebridad sino a defender la dignidad de la mujer que amaba.

–Hola –dijo él a modo de saludo–, desearía hablar con el señor y la señora Monroe.

–Por supuesto –dijo la joven–. Pase, por favor. Los señores están en el estudio. Puedo ir a...

–No se moleste. Sé donde está. Gracias.

Se fue derecho a la amplia escalera de caracol, sin poder contener su indignación al ver cómo los padres vivían con tanta ostentación mientras la casa de su hija se caía a pedazos.

Al llegar al corredor de la galería, se detuvo al reconocer la voz de Marshall.

–He hecho todo lo que he podido para paralizar la adopción, pero no puedo hacer nada para anularla –dijo Marshall–. Raine ha pasado todas las inspecciones de los servicios sociales.

–Eres abogado, Marshall –dijo el padre de Raine–. ¿Cómo es posible que no encuentres un resquicio legal para anularla? ¡Por el amor de Dios! ¡Estamos hablando de una madre soltera!

Max apretó los puños, pero se mantuvo en silencio.

–Y sin dinero –apostilló la madre–. ¿Por qué será tan testaruda?

–Una de las razones por las que el juez sigue adelante con el caso es porque Jill quiere que su hija viva con Raine. Es difícil ir en contra de los deseos de la madre, sobre todo cuando la tutora es la hija del alcalde.

–Por eso, precisamente, imaginaba que mi ayudante podría mover algunos hilos –dijo el padre.

–Raine está resentida con nosotros por lo que pasó hace años –dijo la madre–. Tal vez deberíamos haberla dejado marcharse. Así habría aprendido la lección y habría vuelto a casa más sumisa.

–Si se hubiera ido con Max habrían acabado casándose –objetó Marshall–. Se habrían visto obligados a hacerlo por el bebé.

Max se quedó helado. ¿El bebé? ¿Qué bebé? ¿De qué demonios estaba hablando ese Marshall?

–Fue una bendición que perdiera al niño –dijo su madre–. ¡Dios mío! Habría sido imposible guardar el secreto.

Max sintió como si aquel corredor tan amplio se le hiciera de repente más estrecho. Era como si todo su mundo se desmoronase y se le viniera encima. ¡Raine estaba embarazada cuando él se marchó a Los Ángeles! ¿Por qué no se lo había dicho?

Tragó saliva pensando lo que debía hacer. En primer lugar, tenía que hablar con los tres hipócritas que había dentro de esa habitación. Luego, tendría una larga conversación con Raine.

¡Había sido padre sin saberlo!

Abrió la puerta y se encontró con la mirada de Marshall y de los padres de Raine.

–Veo que no esperaban ninguna visita –dijo Max muy sereno–. He tenido la oportunidad de oír lo suficiente de esta mezquina conspiración familiar como para saber que las personas que supuestamente debían querer más a Raine siguen empeñadas en manipular su vida.

–Eso no es asunto tuyo –dijo la madre con altivez–. Y es una falta de educación irrumpir así en una casa.

–No pretenderá darme lecciones de moral, ¿verdad, señora Monroe?

–¿Qué quieres, Max? –preguntó el padre de Raine.

–He venido aquí solo para defender a Raine. Me marcharé en seguida, pero quiero dejarles un par de cosas bien claras antes de irme.

–Tú no pintas aquí nada, por muy famoso que seas –dijo Marshall.

Como impulsado por una fuerza irresistible, Max se acercó a él y lo agarró del cuello.

–No te atrevas ni a dirigirme la palabra. Eres una escoria, un descerebrado y un sicario de estos dos miserables.

Apartó a Marshall de un empujón y volvió la mirada al padre de Raine.

–¡Fuera de aquí, Max!

–Me iré, pero antes déjeme decirle que si la adopción no prospera, removeré los cimientos de esta ciudad. No acostumbro a hacer uso de mis influencias, pero en este caso estoy dispuesto a todo para conseguir que Raine se quede con Abby. Recuerde eso la próxima vez que trate de jugar a ser Dios con la vida de su hija.

–Podría tener una vida mucho mejor si nos hubiera escuchado –dijo la señora Monroe–. Podría tener su dinero y encontrar a un hombre digno con el que formar una familia.

–En primer lugar, a Raine, no le importa el dinero tanto como a ustedes. Ella se preocupa por la gente, aunque no acierto a comprender de quién pudo sacar esa virtud. En segundo lugar, usted no tiene por qué decidir quién es digno o no de ella. Raine es feliz con su vida y formará una familia cuando lo crea conveniente. Ustedes arruinaron nuestras vidas hace años. Lo mejor que pueden hacer ahora es mantenerse alejados de Raine si no van a darle su apoyo.

–¿La apoyaste tú cuando te marchaste dejándola embarazada? –exclamó Marshall.

–Si no te callas de una maldita vez tendré que romperte la cara. Creo que todos sabemos por qué no estuve al lado de Raine cuando se quedó embarazada.

–No se lo dirás a ella, ¿verdad? –dijo la madre.

–¿Se refiere a lo de su conspiración para quitarle a Abby? –replicó Max con una sonrisa–. Por supuesto que se lo diré. Yo no acostumbro a mentir a las personas que aprecio.

Max se dirigió a la puerta, pero, antes de salir, se volvió y miró al señor Monroe.

–¡Ah! Se me olvidaba una cosa, señor alcalde. Yo que usted no me preocuparía ya por la reelección. Tengo la sensación de que esta vez no va tener ninguna posibilidad.

–¿Me estás amenazando?

–En absoluto. Solo quiero que sepa cómo se siente uno cuando ve destruidos sus sueños y su futuro.

Bajó las escaleras y salió de la casa. Necesitaba respirar aire fresco y pensar. Y estar con Raine.

¡Un bebé! ¿Sabría ella que estaba embarazada cuando él se marchó? ¿Por qué no le había dicho nada... ni entonces, ni ahora? ¿Cómo podía haberle ocultado una cosa así?

Sintió una sensación de mareo.

Raine colocó cuidadosamente dos semillas en cada una de las macetas del invernadero.

Abby estaba dormida en su sillita, junto a la pequeña estufa que mantenía el recinto a la temperatura adecuada.

Oyó un ruido en la puerta. No podía ser más que él.

Max se sacudió la nieve de las botas, se quitó el abrigo y lo dejó en el respaldo de una silla de la cocina.

Raine sintió el corazón latiéndole de forma acelerada.

–Estoy aquí –dijo ella, mientras terminaba de sembrar las semillas.

No sabía que Max fuera a ir a verla ese día. Desde que actuaba en el teatro, tenía casi todas las noches ocupadas.

–Hola –dijo ella con una sonrisa cuando él apareció en el jardín–. ¿Cómo estás?

–Acabo de ver a tus padres.

–¿Qué?

–Quería tener una charla con ellos antes de regresar a Los Ángeles.

Raine sintió una punzada en el estómago.

–¿No tenías pensando marcharte a finales del mes próximo?

–Bronson quiere comenzar el rodaje lo antes posible. Ahora que mi padre está aquí, he decidido marcharme este fin de semana, coincidiendo con la última representación de la obra.

Ella sabía que ese momento tenía que llegar, pero no había pensado que fuera tan pronto.

Los ojos se le inundaron de lágrimas mientras trataba de concentrarse de nuevo en las semillas.

–¿Para qué querías ver a mis padres?

–Para que dejaran de hacerte la vida imposible. Pero cuando llegué, vi a Marshall allí y me enteré de más cosas.

Raine se quitó los guantes de caucho y se volvió hacia él.

–¿A qué te refieres?

–Tus padres estaban tratando de anular la adopción de Abby y Marshall los estaba ayudando.

–¿Qué? No es posible. Ellos nunca me harían una cosa así.

Max arqueó una ceja, pero prefirió no decir nada.

Raine miró instintivamente a Abby, que se había quedado dormida en la sillita, y sintió pánico solo de pensar que pudieran quitársela.

–¿Por qué? –preguntó ella suspirando.

–Porque siguen queriendo controlarte y porque no eres como a ellos les gustaría que fueras. Piensas por ti misma y eso no les gusta.

Raine se pasó la mano por la frente. ¿Cómo podían ser sus padres tan crueles? ¿Cuándo iban a dejar de tratar de arruinarle la vida?

–Me enteré también de otra cosa –dijo él en voz baja.

–¿Sí?

–Tuvimos un bebé.

–Sí, me quedé embarazada. Tuvimos un niño. Lo siento, Max. Lo siento mucho.

Raine no pudo contener las lágrimas. No podía dejar de pensar en aquel momento oscuro de su vida en que deseaba tener a su bebé y al hombre que amaba y había terminado perdiéndolos a los dos.

–¿Cuándo pensabas decírmelo? ¿O no pensabas decírmelo nunca?

–Sí, pensaba decírtelo –dijo ella con franqueza–. Pero aún no estaba preparada. Los dos habíamos sufrido mucho. No quería añadir más dolor a nuestras vidas. Y tenía miedo.

–¿De qué?

–De que acabaras odiándome.

Max se acercó a ella y la agarró por los hombros, obligándola a mirarlo a los ojos.

–¿Sabías que estabas embarazada cuando me marché? –preguntó él.

–No. Lo supe después. Habíamos hecho el

amor esa noche. Fue entonces cuando me quedé embarazada.

Max no pudo impedir que dos lágrimas brotaran de sus ojos azules. Raine lo abrazó con fuerza como si tratara de absorber parte del dolor que le había ocasionado.

–Quise decírtelo, Max. Pero esperaba que me llamaras y me dijeras... Ya sabes cómo pasó todo.

–Los odio. Destruyeron todo lo que teníamos... Pero, dime, ¿qué le pasó a nuestro hijo?

–Me puse de parto en la semana veintiocho. El bebé no estaba suficientemente desarrollado y no pudieron salvarlo. Organicé su funeral unos días después. Tuve que hacerlo fuera de la ciudad porque mis padres dijeron que solo se harían cargo de los gastos si se hacía en secreto. Al final, ni siquiera fueron al entierro. Solo estuvimos Jill, mi abuela, el sacerdote y yo.

–Debiste odiarme por no haber estado a tu lado en ese momento. No quiero ni imaginarme lo que debiste pasar.

–Fue el peor momento de mi vida. Por eso Abby es tan importante para mí. No puedo perderla.

–No la perderás. Te lo aseguro.

Se produjo un silencio tenso. Max apartó los brazos de ella.

–¿Por qué no me dijiste que estabas embarazada cuando me fui? Tenía derecho a saberlo, Raine.

–No sabía cómo decírtelo. A pesar del tiempo que ha pasado, aún sigo sufriendo la pérdida de mi bebé y no podía soportar la idea de hacerte sufrir a ti también. Especialmente, ahora, después de haberme enamorado de ti otra vez.

–Por favor, no me digas que me amas, Raine. No quiero hacerte daño de nuevo. No es justo que me des tu amor cuando voy a marcharme.

Pero Raine quería saber una cosa. Necesitaba saberla.

–¿Me amas? –preguntó ella–. Sé sincero.

–Más de lo que nunca pensé que podría amar a una mujer.

–Lo sabía. Pero quería oírtelo decir...

Raine se echó a llorar y le acarició las mejillas, mientras él la estrechaba entre sus brazos.

Lloró sobre su pecho por el amor que compartían y que no había podido florecer en la distancia. Todos esos años de separación habían abierto una brecha entre ellos imposible de salvar.

Max se pasó el dorso de la mano por los ojos. Un hombre como él no debía de llorar.

–Tengo que ir al teatro. Esta noche es la última función. Tal vez podrías ir a verme por última vez. Puedo llamar a Sasha y...

–No, es mejor dejarlo así –respondió ella.

–¿Es esto ya una despedida, Raine?

Raine tenía un nudo de emoción demasiado grande en la garganta para responder. Se mordió el labio inferior y asintió con la cabeza.

Max puso las manos a ambos lados de su cara y la obligó a mirarlo a los ojos.

–Te amo, Raine. No lo olvides. Si alguna vez me

necesitas, solo tienes que llamarme. Me gustaría... Llámame para decirme cómo estáis, Abby y tú.

–Lo haré... Y te informaré cuando el proceso de adopción se haya resuelto.

Él la miró fijamente. Luego se agachó y le dio a Abby un beso en la frente.

–Cuida de tu madre por mí, pequeña.

Raine estuvo a punto de echarle los brazos al cuello y pedirle que se quedara, pero se contuvo.

Se quedó inmóvil viendo cómo Max le dirigía una última mirada desde la puerta.

–Adiós, Raine.

–Adiós, Max.

Raine no pudo contenerse un segundo más al verlo salir por la puerta. Toda la emoción que había estado reprimiendo estalló como un volcán en erupción. Hundió la cabeza entre las manos, apoyó los codos en el banco de madera y rompió a llorar.

¿Cómo podía romperse un corazón tantas veces y seguir aún latiendo?

Era fuerte y tenía muchos motivos para vivir. Solo tenía que mirar a Abby para encontrar uno.

¿Cómo iba a poder mirar las fotos de Max en los medios de comunicación o ver una película suya sin sentir sus manos acariciando su cuerpo? ¿Cómo iba a olvidar que se había enfrentado a sus padres para defenderla? ¿Cómo iba a olvidar que lo había visto llorar cuando se habían despedido?

***

Se sobresaltó al sentir de repente una mano en el brazo. Se dio la vuelta y vio a Max. Tenía el abrigo todo cubierto de nieve, igual que el pelo.

–¿Qué ha pasado? –preguntó ella, avergonzada de verse sorprendida en medio de una crisis nerviosa.

–Me cai –respondió el con una sonrisa–. Bess y Lulu tuvieron la culpa. Salieron corriendo del granero y me derribaron. Luego vinieron las gallinas y remataron el trabajo.

–¿Estás herido? –preguntó ella con una leve sonrisa, tocándole la cara.

Max le agarró las manos y las estrechó entre las suyas, que estaban heladas.

–Sí, por dentro. Hacía solo dos minutos que me había despedido de ti y ya te estaba echando de menos. No puedo vivir sin ti, Raine. ¿Cómo voy a cruzar todo el país de costa a costa sabiendo que he dejado aquí mi corazón?

Raine creyó ver al fin un rayo de esperanza.

–No me importa dónde vivamos. No tengo inconveniente en vivir en la granja y volar a Los Ángeles cuando sea necesario. O si lo prefieres, podemos vender esto y marcharnos a otro lugar. Lo único que sé es que no puedo dejarte, Raine.

Ella lo abrazó con todas sus fuerzas, sin importarle la nieve del abrigo que le estaba empapando la camiseta. Sentía que ahora era suyo y no pensaba dejarlo escapar nunca más.

–¿Qué te hizo cambiar de opinión? –preguntó ella.

–Cuando tus cabras locas se abalanzaron sobre mí, me eché a reír. Entonces me pregunté cómo podía marcharme de aquí cuando me encanta este lugar. Me gustaría que este fuera nuestro hogar: el de Abby, el tuyo y el mío. Sé que el hecho de que yo vaya a ser el padre adoptivo puede retrasar el proceso de adopción, pero…

–¿Hablas en serio? ¿Quieres ser su padre?

Max se inclinó y besó a Raine en los labios.

–No solo eso, quiero ser también tu esposo.

Raine soltó un grito de alegría que despertó a Abby.

–Deja que la tome en brazos –dijo Max con una sonrisa, sacando a la niña de la sillita y apoyándola sobre su hombro–. Soy el hombre más afortunado del mundo. Tengo las dos chicas más preciosas del universo –añadió él, pasando el otro brazo por la cintura de Raine.

–Pero ¿qué pasa con la película que ibas a rodar?

–Puedes venir a Los Ángeles conmigo unas semanas hasta que tengas que presentar tus productos en la Feria Agrícola.

–¿No te avergüenzas de estar con una mujer que vende sus productos por las ferias?

–Tú tienes una profesión que te gusta, igual que yo tengo la mía. Nunca te apartaría de ella.

–Te amo, Max.

–Yo también te amo, Raine –dijo él, besándola en la frente–. Creo que esta granja necesita unas cuantas cabezas de ganado y algunas reformas.

–¿Para qué? ¿Piensas venderla? –preguntó ella asustada.

–¿Venderla? ¡Qué disparate! Podemos tener dos casas, una en casa costa. Tengo la sensación de que vamos a viajar mucho, porque pienso estar a tu lado todo el tiempo posible. Y vamos a tener más niños.

–¿De verdad quieres todo eso? Es increíble que Bess y Lulu hayan obrado este milagro.

–Me enamoré de ti hace mucho tiempo, Raine. Cuando tengo algo bueno entre manos, no suelo dejarlo escapar –dijo Max, agarrándola por la cintura y estrechándola contra su pecho–. Pienso estar con mis dos chicas favoritas el resto de mi vida.